诗遇高璨

延英 著

陕西师范大学出版总社

图书代号：WX18N0853

图书在版编目（CIP）数据

诗遇高璨/延英著．—西安：陕西师范大学出版总社有限公司，2018.7
ISBN 978-7-5695-0019-6

Ⅰ.①诗… Ⅱ.①延… Ⅲ.①诗集－中国－当代 ②诗歌评论－中国－当代－文集 Ⅳ.①I227 ②I207.22-53

中国版本图书馆CIP数据核字（2018）第111946号

SHI YU GAO CAN

诗遇高璨

延 英 著

选题策划	刘东风
出版统筹	郭永新
责任编辑	杜莎莎
责任校对	张 佩
封面设计	果麦文化
出版发行	陕西师范大学出版总社
	（西安市长安南路199号 邮编710062）
网　　址	http://www.snupg.com
印　　刷	中煤地西安地图制印有限公司
开　　本	880mm×1230mm　1/32
印　　张	7.375
插　　页	4
字　　数	130千
版　　次	2018年7月第1版
印　　次	2018年7月第1次印刷
书　　号	ISBN 978-7-5695-0019-6
定　　价	34.00元

读者购书、书店添货或发现印装质量问题，请与本公司营销部联系、调换。
电话：（029）85307864　85303629　传真：（029）85303879

目录

诗遇高璨 1

天生的诗人 6

诗人与世界的遇见 15

诗人与文字的遇见 26

诗人与宗教的遇见 35

文学永远年轻 47

天才诗人 55

穿行于天地间的精灵 62

解读高璨的密码 68

月桂叶下的诗 77

徘徊于生活门之外 88

一根敏感的神经 99

一百年后的高璨 110

尾声 119

附：高璨诗选

镜子和狗 127

悄悄的秋 129

雨停后 130

月夜 131

飘过童年的云 133

大地系上金色纽扣 134

生活在一瞬间、一瞬间 135

一棵干枯的老树 136

蝴蝶的旅程 137

那是风,无法跨越的长度 138

有人在轻抚寺院的门 140

老钟表 142

这个冬天懒懒的事 144

II

其实蜗牛可以爬得更快一些 145

镜子 146

流水桃花 148

秋天的格调 150

花、鸟、山路 152

梦里 154

静止 156

花开在风之外 158

城墙（组诗）159

表象外衣 162

山水禅 164

洞穴论 166

即兴 168

我是雨 170

黑鸟 172

岁月是一条透明的狗 174

魔术 176

偶感 178

半醒 180

谜 182

山外有雨 183

拉萨 185

何所冬暖 何所夏寒 念屈原（组诗节选）186

十二月（组诗节选）191

味道 风餐露宿的旅人 196

杂乱之章 199

食物 210

无关 203

本无人 206

滑稽 208

北方的冬干燥且冷 210

眼睛是不会说谎的 212

恋人 215

疯狂至极 217

龙门石窟 219

渭城 221

写作的喜悦 222

西瓜 224

惹尘埃 226

诗遇高璨

人类对记忆的使用与电脑的检索雷同，当一个关键词被检索时，与之相关的许多信息就会出现。听到一个名字，与之有关的记忆便会被串联，五花八门，罗织一大堆，像是进入另一个领域，这里的所见所得是一场又一场的相遇。高璨是我记忆中的一个词，一次不经意检索后，不想竟有了一场美妙的相遇。

世界上有很多种遇见，遇见有很多种故事。李白与酒的遇见，不是斗酒诗百篇的旧窠，是酒恣肆嚣张的笑谈；山伯与英台的遇见，不是凄凉悲惨的爱情，是蝴蝶缱绻浪漫的前世；山风与千树的遇见，不是岁月表情的变幻，是时光率真爽朗的性情。遇见很偶然，遇见很淡然，然而，遇见很轻，遇见也很美。高璨是诗人，诗遇于她是人生，诗遇于我是生活。我与诗人高璨素昧平生，诗遇是一场与诗人的相见。

几年前的一个春天，我与一位著名诗人谈论诗歌创作。他深邃沉静的双眸闪烁着异样的光芒，他说："有一个叫高璨的女孩，还是高中学生，她的诗很惊人，非常美，你可以读读。"

那时，沉寂多年的中国文坛又刮起了一股自由诗的风潮，一时间，各种现代诗铺天盖地，叫人应接不暇。大多数的诗歌都难逃抒情、优美、韵律感这些陈旧而平庸的标签，也有一些佶屈聱牙的诗，以一种"作"的气质刺激人们的神经与眼球。恕我生活粗糙，比那次谈诗更早几年，年少的高璨在诗坛已声名鹊起，有"中国文坛最具实力的90后诗人"之赞誉。终日于生活的门里度光阴的我却孤陋寡闻。作为一个曾经热衷于写诗的人，写着写着，我自觉地蜷缩起身子，除了亵玩的心情文字，终是生活的一地鸡毛。这次与诗人朋友附庸风雅的谈诗，只是柴米油盐外一次精神的放松与慰藉。虽然诗人朋友德艺双馨，很少做什么评论，他的话有相当的可信度，但一向对包装炒作不感兴趣的我，对太多的"大师""神童""才子"一概敬而远之。高璨，这个高中生莫不是浮躁时代的产物？很快，这个名字被我抛之脑后，湮没于记忆的荒野里。

不知道是不是缘分，也许是天注定，高璨再一次走进了我的视线。

这是一个较往年寒冷的冬天，长安的冬日，滴水成冰。唐大明宫遗址一隅的花园音乐茶厅里，鲜花环绕，温暖闲逸。人是环境的仆从，总受它的驱使。千年前煌煌盛唐的遗迹，于远处的灯影里怂恿人心。玲珑仙乐，曼妙霓裳，大唐的万千气象，随着夜色泛滥而来，唐时对月长吟的风雅、举杯歌赋的洒脱，使得谈诗似乎在所难免，水到渠成。

"高璨！"听到这个名字，一条有关诗歌的记忆线在我的脑海里穿梭，它迅速地将高璨从我记忆的荒野里找了回来。

"噢，是那个天才诗人吗？"因了诗的话题，高璨迅速跳到了我的面前,"女孩,天才诗人,那是什么样的诗呢?"这些疑问在我脑海里挥之不去,我不住地问自己。

似乎,高璨在诗歌的线索上成了一个关键词,就像一个绕不过去的站台,一如唐诗之与"李杜",宋词之与"苏辛",从几年前诗人朋友的偶然提及,到如今提到现代诗歌,高璨成了一个必不可少的话题。

怀着对"天才诗人"的好奇,甚至是对浮躁社会的一种挑衅,我迅速找来了高璨的几本诗集,胡乱地翻读了起来。随意地读罢一两首诗,我的心突然沉静了下来,有了读个痛快淋漓的想法。

我在诗里与高璨再次相遇。

高璨的诗集厚厚一摞置于我的枕边,颇有些枕典席文的意趣。至此,在这个寒冷的长安冬日里,暖气房中拥被于床的夜晚,我便阅读起来。几上一只晶莹剔透的玻璃水杯,杯中叶花果籽的茶汤,浓了淡,淡了浓,四季之精妙收入杯中,我时而急饮,又辗转轻啜。《表象外衣》一诗写道:

> 一本书页页翻阅是人生/随意闯入几页是梦境/叔本华生活在一层纸的世界/撕下皮肤/一定还能看见什么

高璨在诗里这样说。高璨的诗集里有她无涯的人生。于是,我逐一阅读起来,不想随意闯入,太过唐突。我常常于一些诗中无尽徘徊,也于一些诗中无限遐想。璨若星辰的诗句,四处闪烁；金句佳语，横冲直闯；妙喻意趣，汹涌澎湃……杯中的四季，诗中的人生，透过一张张瘦薄的纸页，我有了一种了解诗人的冲动。

长安的雪，今年下得格外亲热。银装素裹的勾勒，让这座千年古都突兀着一种儒雅独绝的深厚、卓然于世的气质。地标性的古代建筑物，在黑与白的描述里，诗意顿生，余韵悠长。一时间，那秦风汉韵、唐诗明文，呼啦啦从历史的书页中跳跃而来，满城的诗篇。千年的雪，千年的城，不同的时空里，历史穿城而过，诗情画意今犹在，诗人满城过，不同的吟哦。李白王维白居易，杜甫杜牧贺知章，数不尽的古代诗人的长歌，盘桓于长安城上空永不消散。今诗人高璨说：

城墙上有些落雪/扑簌簌化入帝王陵梦/几个世纪了　雪依然落于雕栏玉砌/相映朱颜/久久未更　久久未变

——《城墙》（组诗）其一

远离故土，正客居异邦游学的她，是否嗅到故乡的雪香？否则，怎会生出如此乡愁？

我习惯了时差/而又/难以习惯/时差//六小时　太阳走得太快/而又走得/太慢//……我忙着重逢/故乡在六小时之外/除了古刹　和/钟楼/罕闻磬声//……没留我的心/彻底在海德堡//顺着河流/顺着风/突然

察觉遥远/只需一张车票/一丛 外文站台//时间之外有什么/时间之外无一物/六小时之外有什么/有家有尘埃//有时 偏想惹/不愿做 明镜台

——《惹尘埃》

诗集还在,诗人常在,这个青春妙龄的女孩。

扑面而来的雪气暗香缕缕,刹那间,一种长风当歌、凭栏远眺的情愫激荡着我的胸怀。我仿佛立于时空的长河,置身于诗的星空之中,身后是十三朝那灿烂辉煌的篇章,身前是丰沃文化土壤里新时代诗人璀璨的诗歌。读者如我,乘着书页扯起的风帆,在高璨的诗中驰骋,于千年前与未来百年的诗之时光隧道中穿行。我左挽右揽,环顾前后,长歌当空,古城从不寂寞。

遇见诗人,时光很美。

天生的诗人

诗人高璨给人们带来惊讶,无一例外。这是一种常态。

高璨著作丰厚,我为能在短时间内感知她的文学才华,便择其三本先睹为快,并以她少女与成年两个阶段为界,分别选择了《出尘之美》和《诗经未说完的秘密》两本诗集,以及一本随笔集《乱象》。打开书,看了勒口上简短的介绍,唯有缄默才是"常态"最好的注脚。

诗人高璨是一个95后新生代,至今也不过22岁。然而其从文履历却是异常精彩,不与同年龄阶段的人相对比,仅以从事文学创作的同行们来说,其著作之丰厚也足以令人瞠目。高璨十几年来出版了《一朵野菊花又开了》《梦跟颜色一样轻》《你来,你去》《第二支闪电》《这个冬天懒懒的事》《出尘之美》《守其雌》《语言,众人的密谋》《白驹过隙,人生的缝合者》《诗经未说完的秘密》《我很像我,你愈发不像你》《乱象》等二十多部诗集和随笔集。其中有作品获国家和省级大奖,入选国家出版工程。

22岁的女孩,9岁出版人生第一部著作,童话散文集《树叶船》,第二年便又出版了她的第一部诗集《夏天躲在哪儿》和童话集《狡猾熊与笨狐狸》两本书。至此,这个还在上小学的女孩子高璨，便以惊人的才华及写作热情，开启了一个诗人的写作生涯。课余时间，她全身心地投入激情澎湃的文学创作之中，以平均一年一部多的作品产量，十三年间痴于笔耕，问世作品二十部之多。

高璨有若横空出世，她的作品引起了社会的广泛关注，一经问世，就受到洛夫、谢冕、陈忠实、林非、周国平、霍松林、于坚、王家新、曹文轩、熊召政等一批全国著名学者、作家、文学评论家的肯定和鼓励。洛夫说："高璨的诗的确非同凡响。她的诗充满纯真与灵气，每句诗都像一个飞翔的小精灵，可爱得叫人心疼。"陈忠实说："文学创作区别于作文训练的重要标志，是想象，是丰富的绝妙的独自生发的想象能力，高璨正是在这一点上显示出超常的智慧。"周国平说："在高璨的作品中，我看到的不是'作文'，不是'儿童文学'，更不是时尚，而正是本来意义的文学。"

陕西省作家协会在全国是影响较大的专业文学团体，先后涌现了一大批深受读者喜爱、在全国有较大影响的优秀作家，文学陕军在全国文学界是一股强大的力量。它对陕西文坛冒出的这朵奇葩立即伸出关爱之手，当时年仅11岁的高璨，成为陕西省作家协会自成立以来最年轻的会员。单看年龄，高璨还是个孩子，还是西安某重点小学的一名小学生，但从创作论，她已经是一名作家了。

从2005年开始，天才诗人高璨的故事先后被新华社、《华商报》、德国《法兰克福汇报》、西安电视台、浙江电视台等几十家媒体争相报道。

一时间，各种领域的文学活动对她热情相邀。2007年她12岁时，受邀参加了第十届亚洲诗人大会；陕西当家媒体《西安晚报》专门为她开设了作家专栏；国家新闻出版总署将她的诗集《梦跟颜色一样轻》列入向全国青少年推荐的百种优秀图书；获得第六届雨花杯全国十佳文学少年桂冠；2010年暑假，恰逢首届青年奥运会在新加坡举办，韩国三星公司从中国、韩国、新加坡各选10名青少年作为青奥会体验团成员赴新加坡参会、报道，高璨在整个海选中脱颖而出……

高璨被中国媒体誉为"中国十大90后作家""中国最年轻最不可忽视的天才诗人"。对任何一个文学工作者来说，如此丰富的从文经历着实是一笔令人自豪的人生财富。毫无疑问，高璨是一个天才！

10岁时创作的《镜子和狗》是高璨很有影响的一首诗，体现出一种大孤独与伤悲。此诗一经发表，即引起广泛热议，被多家媒体转载。

> 导盲犬挨着镜里的狗/感觉另一个心脏跳动/另一种体温存在/直到不知不觉//镜子很温暖/她的心第一次跳动/第一次有人对她这么亲密/导盲犬和镜子/睡在这个城市的一个角落
>
> ——《镜子和狗》

> 一堆钟表的零件/洒落桌上/似乎一地时光破碎的骨头/让窗外的我/看见了时光竟然也有憔悴/老去

的时刻

——《老钟表》

尼采说："书本不应该署上作者的名字，人们不应通过作者来识别文字。"人们往往受社会固有认知的桎梏，又囿于自身视角的局限，对事物自有一番认识与鉴定，然而，这样的认识与鉴定，往往悖逆了事物原本的模样。细腻深刻又富有哲思的这两首诗作，仅就诗本身而言，在成人文学期刊上，也属上乘之品。如果加上诗人年龄这个既定的前提（这两首诗为了高璨10岁、11岁时所作），是不是立即会让人从潜意识里生发出一种"不可思议"或者"惊讶"之感呢？当然会，因为大多数人，包括我这个读者在内，都不能完全摆脱社会既定认知的影响，这便是尼采说"人们不应通过作者来识别文字"的原因。文学艺术之美超越一切界限。所以，读高璨的诗，我仅以享受一个诗境清幽的世界为目的。喧嚣尘世里这一份难得的宁静清远，难道不是很多心浮气躁的现代人所欲寻求的吗？文学的最高魅力本就如此，诗和远方，是我们对生活饱含的深切希望。

高璨是天生的诗人。

高璨具有诗人细腻敏锐的诗性感觉、想象力，也具备诗人深刻的诗性智慧。我的一个阅读习惯，总爱用笔将令我心动的佳句标注并折页为记。读高璨的书，标注满页不说，还将书页折了一页又一页，竟失去了折页那种特殊为记的原有意义，于是干脆将其全部打开。确实，这样每每令我惊讶的诗句，于高璨的诗集中俯拾皆是。

尼采这种跳出既定认知圈的视角，给人认识事物一个理性而客观的视角，也能使人认清事物原本的面貌。单纯地以读诗的角度来看，高璨的诗作，常常将人带进一个美妙而引人沉思的诗的世界。同样是诗人写于10岁左右的诗：

她没有名片/没有固定的住址/只驮着自己的美丽/踩着轻盈飘舞//……我询问花朵蝴蝶的旅程/花朵不语，在微风中轻摇/哦，蝴蝶一定去了另一朵花/她像行驶在花的铁轨上/一节会飞的车厢

——《蝴蝶的旅程》

草原上，我用一株草的寿命/度量了春与秋的距离/那是风，无法跨越的长度/草原，却已度过多少个春秋？

——《那是风，无法跨越的长度》

有人在轻抚寺院的门/僧人缓缓推开门/看着地上不见的金黄/微笑着又捡起一片叶/撒下一把米/他瞧着手中的树叶，笑着说/这就是那些抚门的小手啊/是树上的麻雀指使的吧

——《有人在轻抚寺院的门》

满地残留红的花瓣与雨水/还可以拼凑出/昨日的

繁盛

——《雨给了我们不同的境界》

有多少双眼睛，就有多少个世界；有多少颗心脏，就有多少为生活跳动的脉搏。诗是生活中的精灵，它附着在人身体里睡着。当心的风铃被过路的风儿轻轻吹拂时，清越爽朗的风之歌就会把沉默的生活摇醒，精灵跳跃着，欢唱着，淘气着，人们的生活在爱与恨中延续着，在失落与希冀里互生着，更生生不息地存在着。

诗在人平凡琐碎的生活里，在人单纯质朴的语言里。诗是心海被微风吹过的一丝水纹，诗是唇边不经意滑出的只言片语。诗像是开不尽的花朵，姿态万千，绵延不绝，每朵都有自己存在的美丽。诗像是坚韧顽强的小草，平凡普通，却以王者的姿态，足迹遍地，长在诗人高璨的眼里、口里、心里。

喜欢诗歌，也喜欢小草，高璨的诗歌如小草般茂盛地生长在她的生活里，让她生活的草原充满生机与活力，吟唱着她的生命之曲。

高璨是天生的诗人。

她那系于人生之树的心之风铃，沐四季之风，铃声频传，余声袅袅。她诗性而美好的生活一直醒着。这种醒着，是高璨自幼就有的一种异于常人的平静温和、通透灵动。

每一个孩子都曾是天使。幼儿期的高璨，面对周围的干扰有着超常的定力。喧闹的幼童群中，她从不受环境的干扰，能平静从容地思自己所想，行自己所做，像一个行动在天空中的星子般淡定从容，既能与整个宇宙和谐共生，又能循着自己的轨道稳稳运行。还处在咿呀学语时期的高璨，表现出惊人的记忆力，一篇上千字的童话故事，她能在听过两三次后便完整背诵下来。至四五岁时，便有着能背诵近百篇小故事的记录，小高璨快乐地享受着自己的幼儿时光。

诗和音乐，是最接近上帝的两件事情。高璨喜欢上了音乐，5岁开始学习钢琴，至10岁时，已轻松地达到了业余10级的弹奏水平。这个时期，也是高璨文学创作的萌芽时期。高璨喜欢音乐，钢琴美妙的敲击之声与她纯净透彻的心灵可能发生了某种共振，也许这琴声正是打开她诗性心灵的钥匙。在钢琴清丽曼妙纯净的音色浸润之下，高璨开始了自己的文学之旅，并勃发出了旺盛的文学创作力。

面对媒体，高璨呈现出天生的淡泊平静，她微笑着说："我不喜欢纠结在遣词造句和修饰辞藻上，写作是一件自然而然的事。"高璨认为，每个孩子都是诗人，正因为无所拘囿，才可以尽情地去描绘他们眼中的世界，并用他们自己喜欢的方式。高璨正是这样自然而然，不受拘囿，用自己的感受创造着一个属于诗人的世界。她大概是一个固执的人，长久地守护着这份来自心灵的天然纯净。这对从事创造性工作的人来说，是十分难得的财富。

2013年夏天，高璨在高考自主招生中以面试及笔试第一的成绩，被有着悠久历史的千年书院湖南大学岳麓书院历史系录取。高璨的指导教授姜广辉曾有过这样一段话，说："我虽然是高璨的指导教授，却不想主动教她什么，怕干扰了她既有的成长路数。"他同高璨约定，当她想学什么的时候，再去教她。姜广辉教授的这份师者之心，本身就是对高璨的一种肯定。

有一次，高璨拿着姜广辉教授新出版的《易经讲演录》，请求教她《易经》。姜教授仅用一个半小时的时间，给高璨讲解《易经》的要领，她便很快掌握了《易经》的学习方法，并发出自己的感悟：

五爻的君王也常磨难呢／占卜者的手／解经者的舌／哲学家的眼／《易经》却从来都是它自己／任凭来者言语／天机不可泄露

——《魔术》

高璨的诗，从来都是如此，宁静从容、温和又充满灵性，深刻却有若随口吟来，像足了一个人于如水的夜色里进行的一场心灵独白，不染尘埃。高璨有一双美丽的眼睛，瞳仁里时常闪烁出有如四月阳光般的笑意，淡淡的，轻轻的，也暖暖的。正是这样一双眼睛，平静却充满力量，柔和却具有洞悉万物的犀利。从短发的少女到长发飘飘的青春靓女，高璨用诗度过了一生中最美的时光。她写诗，写童年，写青葱岁月，不知是她写了诗，还是诗写了美好的高璨。

尼采说，人不应通过作者来识别文字，用在高璨身上再合适不过了。读诗读诗，读的是诗，不是作者。作为诗人，高璨曾在《魔术》这首诗中写道：

愿你把诗变成一场魔术/最先消失的是自己

　　跳离于作者之外的诗,才是诗本来的样子,诗也自有一番意趣。

　　高璨是天生的诗人。

诗人与世界的遇见

"古往今来曰世，上下四方曰界"，世界就是全部时间与空间的总称，从广义上来讲，就是全部、所有、一切，更广的则指全宇宙。世界也是物质形态与意识形态的总和。在中文里，世界一词来源于佛经，这与爱因斯坦的相对论竟然不谋而合。人类对世界的认知，是对自己所见宇宙的诠释。世界的不同，反映了不同人的活动区域的不同。

圣人有规矩秩序的志向世界，妇孺自有宠溺娇纵的亲缘世界。秦始皇生活在雄霸天下的铁血世界，温莎公爵却幸福在不爱江山只为美人的温柔世界。爱迪生在科学的世界里终其一生，而现代人却终日生活于手机营造的虚幻世界里。不论是什么样的世界，都是世界。宇宙中各种不同形态的物质，遵循着一定的活动规律，在自己的世界相互作用，完成宇宙的整体运行。

雨果曾说，全人类的充沛精力要是都集中在一个头颅里，全世界要是都萃集于一个人的脑子里，那种状况，如果延续下去就会是文明的末日。世界是精彩的，世界是多样的，世界是五彩缤纷的……

诗人高璨有她自己的世界。

这是一个由诗构写的世界。高璨在《诗人》这篇文章中说：

> 当我们去尝试读懂一首诗，我们就误解了一首诗；当我们尝试从诗中读懂诗人，我们就误解了一个诗人——若我们热爱读诗，不如说：去诗中了解你自己吧！

读高璨作品的我，也在她的世界中看到了自己。同时，还有一种身陷迷宫的感觉：不论我以什么自我观点去阐释眼中的高璨，最终都绕进了高璨的诠释里。

一花一叶一虫，虚实动静明灭，全都在高璨的作品里鲜活而灵动。"你的理性是你的个人使用说明"，高璨尊崇内心的召唤，理性地选择着自己的生活。

> 昙花/不理解成语/他只是生活在一瞬间、一瞬间/做一朵快乐的花
> ——《生活在一瞬间、一瞬间》

> 没有一朵花/在绽放时，喊出它自己的名字/没有一只鸟/在起飞时，唱出它自己的名字/我在山中看到的美/起飞前是花儿/起飞后是鸟儿
> ——《花、鸟、山路》

高璨用诗构筑了一个强大的精神国度，这是诗的世界。她用自己的作品，营造了一个属于自己的世界，一个她以诗来解读万物的世界。这正是她作为诗人与世界的遇见。

在文学的世界，诗的世界，从《诗经》到唐诗宋词，从汉赋到元曲，从当代诗到自由体、绵羊体……古今中外，每一个诗人都与自己的世界对接，每一首诗都带有时代的烙印。这是每一个诗人与自己世界的遇见。高璨是95后新生代诗人，她说：

> 并不是因为什么我来了，而是因为我要来，所以我来了。
>
> ——《我为何而来》

这个世界，高璨如约而至。

她在《知我者希》一文中有这样的说法：人的大脑形成了固定的模板，所接纳之物都与自己的模板类似，众人模板是如此雷同，社会上的炒作恰巧镶嵌在众人的模板之中。此文本意在引申一些社会话题，这是高璨行文的一种独特风格，从细微处着眼，天马行空，言及八方，却能将任一话题以哲学的思辨轻松驾驭。在这里先不赘述，免得偏了话题。

模板和镶嵌是两个关键词。在此，我想借高璨自己的概念来解释她的诗之世界。

诗人高璨与世界的遇见，也有一种模板与镶嵌的恰巧之妙。诗在某种意义上是物质形态的意识形态表现方式，具有很高的艺术审美价值。新生代诗人高璨，有她独特的生命体验、直觉感悟，有自我的思想价值与审美价值，她以一种跳脱固有思想樊篱的姿态，不说别人说过的话，以自己对世间万物的"心之语"来构筑诗的世界，是一个充满诗意的思想者。因为内心纯净，思想敏锐，"跳脱"后的高璨，才有了难得的超脱、客观与理性。

高璨用自我创造的认知模式来与世界接轨，这大概是她的自我模板。这个模板像一张繁复无形的脉络，与她的世界镶嵌时，发生了一种神奇的作用。高璨的模板随物赋形，无处不在，既柔韧有力，又能融会贯通，那种以点及面的张力与浸入、融会与转换，给世象风物赋予了一种独有的新姿态，这正是读者常惊诧于其作品的根源。高璨的模板在不同人群的既有模板间强势蔓延、罗织扩张，极大地丰富与递增了空间的想象及遐思。这样的遐思与想象，在他人读来是诗意，于诗人写来是理性的倾诉。高璨诗风如此，使她的作品有了一种前所未有的诗意冲击力。

世界浩瀚无际，人类渺若尘埃，人们在有限的遇见里与那短暂的无垠对话。高璨的诗题材广博，她在自己构筑的世界里解释、阐释，话题涉及自然、历史、社会、政治、哲学、宗教、经济以及民生、环保等等，包罗万象。她目之所及、思之所想，无一不能入诗，无一不体现出诗人涉猎之广泛，无一不是诗人与世界的遇见。

高璨生活在新时代，生长于书香世家，这样的时代与家境，造就了诗人从容温和、恬淡坦然的性情。诗亦如其人。

苦难是不出诗人的/斯德哥尔摩综合征病候群/才感激苦难//……因着可爱的童年/诞生可爱的诗篇/仅此而已

——《即兴》

她的诗中,纵使涉及尖锐犀利的话题也能温润如水,浅言轻笑,有若自然流淌的溪流,发乎干净率真的内心世界,不掺杂质。诗理性而中质,只是诗本身。

伤者惯爱用伤者疗伤/才致伤口康复缓慢/难以痊愈

——《即兴》

人类根本不懂什么人机关系/最真实的汽车史/在动物的墓志铭里

——《黑鸟》

诸如此类,不胜枚举。这种理性而中质的诗风,是这个新生代诗人的一大特色。在高璨自己所见的世界里,表象的存在是她汲取与释放的场所,无所不有。高璨从小喜爱阅读、音乐,喜欢饲养动物,热爱大自然。她童年时代像所有人一样,热衷于玩耍。

高璨热衷于饲养小动物,热带鱼、珍珠鸟、鹦鹉、垂耳兔,甚至孔雀……这样的经历,让我不由地想到了一位著名军旅作家那独特的童年经历。我的这位老师,出生于冰天雪地的松花江畔,一片不适合人类居住的荒地是生养他的家。童年,他只身前往狼穴偷来小狼饲养,后与寻崽的母狼四目相对,善良的他将小狼还给了母狼。后来人狼多次相遇,母狼却从未伤害过他。有了这样的经历,他便留意起各种动物的活动。他说,人与兽四目相对的碰撞,引发了巨大的心灵震慑,人性、兽性、嬗变、裂变等一系列复杂的情感,为他的文学创作带来了一种巨大的能量。他认为,童年的经历是影响人一生最为重要的因素。

是啊,人的一生起源于童年,成年的所有只是童年的另一种再现。

每个人的经历都不相同。居于城市,享受科技便利的现代人,离人类起源的大自然越来越远。高璨对饲养动物的热爱,是对自然的一种亲近,就同她喜欢在自然中游历一样,在她的诗中,有很多关于自然和动物的诗句。

7岁时发表的人生第一篇作品是关于狗的,10岁时发表第一首诗《镜子和狗》,这都是她有关动物的早期诗作。给诗人带来创作灵感的《与动物相处·同类》,收录于创作于大学期间的杂文集《乱象》,文中写道:

> 人类是自封的贵族,然而手段残忍——把"敌人"都摆上餐桌、穿戴在身上——令我想起野蛮人的称霸。
>
> …………

人类让物种灭绝的速度——令我想起病毒和瘟疫。

…………

地球死了,勇士呢?

《人性》一文写道:

也许多年后教科书上会写,机器与人类最大的区别就在于机器可以高效率、突破限制性因素地进行劳动——四肢柔软的人群在人性中暴露了越来越多的兽性。

《种粟》一文中,诗人对养过的几只小狗做了细致的描写:

对视的时候相看两不厌,语言是贫乏之物,但感情不贫乏。

看他有些浑浊的像玻璃球一样的黑眼睛,里面略过他一生的见闻……

为他开了三天三夜的灯,泪水是一条河,河的内部,我以为已经有够多与人的分别,没想到还有这么多小灵魂。

诗人彼时，心思细密而柔软，不知道铠甲是如何缝制的，她用柔而韧的情感之线，为自己打造了一件理性战衣。诗人也曾说：

> 我最初的感触和文笔都从他们而起，对这个世界的认识和爱……
>
> ——《种粟》

高璨与动物之间的情感经历，与老军旅作家童年的独特经历有相似之处。人与动物之间那种感情的交流与碰撞，所引发出的心灵震动是大自然赋予人类的仁慈，这种慈悲是宇宙间一股强大的能量。后来，作为诗人，高璨有了理性至极、通透至极，甚至是有些冰冷的中质。然而，在诗人静若湖面的情感之下，却暗藏着对生活之美的热烈之爱。那深情的爱、悲悯的爱，那对爱情抱有的期许，都是一个诗人不能逃脱的情感，也是高璨理性中质诗风的呈现。

如果钢琴、生灵是诗人遇见世界的窗，高璨给自己打开了许多扇。

老子、孔子、鬼谷子，尼采、柏拉图、弗洛伊德、查拉图斯特拉，《诗经》《易经》《道德经》《圣经》，等等，包罗万象，古今中外哲学家、思想家的著作及思想，同样为诗人高璨打开了一扇扇窗户。高璨能从中国古人的天圆地方学说谈到西方基督天堂地狱的宗教观，从哥白尼挑战神权的宇宙观谈到释迦牟尼无穷无尽、无量无边的三千大千世界，也能从英国诗人拜伦的雄才多情谈到徐志摩的细腻执着,从六世达赖仓央嘉措的情歌谈到曼殊大师的情诗……诗人高璨在书页的隧道游溯,以自己固有的"跳脱",驾驭着自己的"模板与镶嵌",构建着自己的诗之世界。

面对这样的诗人、这样的阅历,人们总爱放大人性中属于正常情感的孤独、哀伤、愤懑,好似只有如此放大,才能解释诗人的年轻与丰富,才可以为常人与天才之间的距离加足平衡的砝码。这样做并没有什么错,因为表象总是乱人心目,然而,仔细品读诗人的作品全貌之后,可以感知诗人是快乐的、阳光的、积极的,甚至是享受生活的全部且幸福的。她以自身的感悟回应着这个世界对天才的误解。

高璨《艺术如是说·幽灵》有这样一段话:

> 常说天才是孤独的,我觉得有失偏颇,以庸人的角度看,这样的确算是孤独的定义,可是于天才个人来讲,他倒是乐此不疲地奔波在思想的鹅毛大雪中,一步千年,一眼跨过整个大洋。

不禁想起了列夫·托尔斯泰,生为世袭贵族的他,拥有普通人迫切追求的一切,地位、财富、亲情、友情、爱情。然而,他一生最大的痛苦是没有劳作的机会,从青年到暮年,他孤独而哀伤,四处寻找苦难来品尝,终身为追寻这样的理想而痛苦不堪,只得拿起笔谱写自己民族的史诗《战争与和平》。似此,孤独与哀伤是相对的。从历史的纸页背后,人们好像隐约看见了老子、孔子、尼采、柏拉图等人真实而幸福的快乐。这些人无一不有自己与世界的遇见,无一不有属于自己的幸福与快乐。高璨如斯。

时代有时代的表情,时代有时代的性格。面对时代的巨臂,在有限的遇见与短暂的无垠里,我等普罗大众总显得孱弱无力。有活百年不知的混沌,也有灵犀一悟的透彻,生命的厚重与长短无关,可贵全在于精神的自由。高璨《神性·自由精神》写道:

> 陶渊明的写出来的桃花源,有一座,世人心中没写出来的,有千千万万座。

借"一步千年,一眼跨过整个大洋"的这种精神向度的自由,这份豪情与洒脱,诗人高璨驭风飞翔,享受着精神共鸣带来的幸福,也在与这个世界遇见的途中欣赏着属于自己的独特风景。她在《酒说》中写道:

> 你发现了很多镜子,在树上,在草上,在溪流边上,每个镜子都清楚地呢喃"我看见你了",每个镜子里,都是你,各个角度的你,各个方位的你。
>
> 你很少与自己相认。你将自己分散成天上的星星那样多,你只取其中一颗,一起生活。

高璨说,万一每个人生来都是一片森林呢?这样的她,身上有一种天然的警觉,让她有着异常敏锐的灵性。以铜为镜,可以正衣冠;以人为镜,可以明得失。那么,可以这样说,"以万物为镜"的诗人,在生命有限的遇见与时光短暂的无垠里,享受着生活赐予她的全部。她写道:

诗是血脉/然我的这支/随我之生/而生

——《诗》

我是雨/我不知道/天让我说什么//我是个记录者/看自己/像看故事

——《我是雨》

诗人与文字的遇见

汉字是世象万物的艺术照片，文稿是它们无休止上演着的或蹩脚或精彩的电影。

"史官青冢望桥陵，古柏遥映先祖情。黄帝创业垂千古，仓圣造字鬼神惊。结绳记事远古事，临鱼摹鸟象字生。辟开荒昧惊天地，中华文明著先声。"曾经拜谒陕西省白水县仓颉故里的仓颉墓，对这样一首谒诗久久难忘。"文字初祖"仓颉这一划时代的创举，是人类文明史上漫漫长夜里的一盏明灯，开创了华夏文明的新纪元。

新华社统计信息显示，目前汉字的总数已经超过八万，而历代日常书面常用汉字数量一般都控制在三四千个。作为终日与文字两相厮守的诗人，高璨有这样一些对文字的理解：

就像一本字典中既涵盖整个世界，同时又空无一物。

——《知者不言》

像芸芸众生一样，文字诞生在大地上，以为可以拥有，并完成自己的理想。就像人与这个社会发生联系，文字，与人发生联系。

受应试教育的人群，像文字用各种文体书写；参加工作的人群，像文字为人类之舌手打工；长期不被使用的文字，像人类的死亡一样，会消亡，泯为历史，甚至是历史之外的历史。

——《一个歪歪扭扭的男人，说歪歪扭扭的话》

茕茕子立、各自为政的一堆艺术照片，骄矜又期待着任人摆布，不负那仪态万方的风华。才华横溢的诗人高璨又怎么舍得辜负呢？

中文/在鬼门关绕了一圈/是 还活着/德文/围着生命绕了一圈/是 逝去了/同样是 兜圈/向死而生/精卫填海

——《难》

高璨对文字有着一种超乎寻常的灵性。"向死而生/精卫填海"，文字对诗人来说，是翻覆于她手中的云雨，在她的诗里出生入死。其字符的万千组合，曼妙多姿，许多词一经组合，所欲呈现的诗境与内涵即被描摹得淋漓尽致，呼之欲出。诗人所欲展示的这种诗意阐释，好似与生活的枯燥沟回里专为诗意预留的轨迹严丝合缝，常常令人惊诧。这是诗人一种独特的用词手法。

使用语言的每时每刻，都是用精致的手术刀，切割这个世界。

——《这不是一条宿命论的河流》

高璨具有跳跃性的思维。那些引发心灵震撼的诗,令人顿然开悟的句子,好像藏身于生活的拐角,每每在不期而遇中给人以扑面而来的惊喜。这种思维可在不同事物中找到相同视角的口径。诗意为表达同一种情感而服务,物与物风马牛不相及,却能通过词与词的神奇组合,成功呈现一种语言的神性的关联。

诗人与文字相遇了。她写道:

上千年文字起源之时,所有事物都被秘密地分类了,但在今天看来这些词性几乎没有规律……

——《价值标准》

高璨天赋过人,聪颖睿智,文字起源时被分类而今难循规律的秘密,羚羊挂角,她却似乎道破个中一二。

著名文化学者肖云儒对高璨的语言曾有过精辟的总结,他说:"高璨对于汉字常有一种特殊的理解,文字符码在她笔下常常以全新的理解、罕有的张力和弹性组合到一起。联喻与象征、暗传与通感、借代与置换,以及名词的动态化、动词的状态化,文字在动静之间自由出入,对语境、语感的领悟与驾驭,等等,都使得汉语在她笔下陡然增大了信息量,由字之义而字之意而字之象。而随着字码的新关系的形成,又常常造出一种作者独有的语言感觉和语言氛围。"

据我了解,共四卷的《毛泽东选集》常用文字也就在2000个左右。少女时高璨就曾说:"我不喜欢纠结在遣词造句和修饰辞藻上,写作是一件自然而然的事。"成年后她又说:"文以表意,万种语言,万万文字之精细,皆为表意完善贴切。那么当此'意'不怀好意,越美好的文辞,越衣着美丽的从犯。我观文字,观言辞,发觉文如人,并不是文如其人。"

文章的优劣无外乎以下四种。其一,白如流水,哗哗长流,空无一物。这里还有一个笑话,说的是一个小姑娘在寒假作文中写道:大年三十是除夕,初一过年,初二出门,初三出门……正月十五是元宵,过年结束。其二,满篇华章,似掉书袋,迂腐难挡。其三,中规中矩,言之有物,却平淡无奇。其四,文思敏捷,文采斐然,阳春白雪。

阳春白雪高雅却有距离,下里巴人亲近却难逃俚俗,而晦涩难懂、佶屈聱牙则是一种力不从心的垒砌,是文字的一种笨拙又迟滞的表演,台上剧情沉闷冗长,台下观者昏昏欲睡。写到此处,笔者也有些羞愧,如何才能言之有物,能将这个天才诗人的才华一览无余?

> 你恐怕只是厌倦了/诗经里现世的工笔/你说了除了楚国 心中/本有星月山河 除了君王/本有鸟兽虫草
> ——《何所冬暖 何所夏寒 念屈原·问》

让水和水互相拥有／就有了河流／让火和火彼此分离／就撕裂出虚空

——《让水和水互相拥有就有了河流》

白衣长缨／你赤脚履沙／江水清清却与你无比／江水浊浊也与世无争

——《何所冬暖　何所夏寒　念屈原·渔》

文如人，诗人高璨，她来了。

早已走出童年的她始终保持着那颗纯真善良的初心。正是这简单如自然般纯洁的心灵，使得诗人能于这喧嚣的俗世犹如隐士，性情恬淡温和，文字超凡出尘。

她的文字，朴素干净，简洁透明，生僻字几乎难觅踪迹，字与字的结合似行云流水般自如，诗文有如闲叙，娓娓而谈，于超越中轻松抵达深远的诗意空间，引人深思与沉湎。诗中的灵性诗句俯拾皆是，四处闪耀，像满天星般璀璨夺目，每每令人心头一亮，频现的金句如点睛之笔，回味咀嚼让人难忘。这样的诗已然引申到了充满哲学的思辨、宗教的玄远深幽、诗境的空灵缥缈之境地。

中国文学史有"三古七段"的时代断限之分，文字经受着时代的洗礼，不同程度地吻合着时代的情感，于潜移默化中辗转至今。3500个常用汉字，次第展露着不同时期的文学风貌。中国诗歌是世界上唯一先法度再自由的文体，从西周初至春秋中叶的《诗经》到最早现于西汉的五言格律诗雏形，自五四运动以来打破旧体诗格律形式的新体诗，即现代诗，到受欧美自由诗创始者美国诗人惠特曼的影响，大行其道的中国现代风体诗歌，诗歌在表现形式上可谓异彩纷呈。文字的应用、编排在各种形式的诗体中起着举足轻重的作用，字典常用八万字，诗风诗韵总关情。

说起文字的编排，高璨《案板》中有这样一段：

食材在身上/说得出一千种组合/和另外一千种配方//磨刀霍霍/我不躲避/只要是盛宴

这是一首诗，诗人高璨以生活中最为寻常的物件入手，表达着她对生活顽强不息与勇往直前精神的热爱与信仰。她的诗，常能由表及里，浅进深出，有一种出神入化之感。在此，借以说明文字的编排，虽有断章取义之嫌，却能从此诗句中感知诗人的睿智与思想的豁然贯通。生活如同做饭，这是一组触类旁通的概念，行文当然也是如此。

行文时对文字的编排，一如厨师对手中食材的组合。

2012年，大型美食类纪录片《舌尖上的中国》以多个视角及层面，展现中华美食文化的博大精深，在中国、新加坡等国家引起轰动。其中，煎炒蒸炸炖煮余的不同操作手法，天南地北不同地域随手取材的智慧，不同食材之间千变万化的结合，以及相同食材因着配料不同而产生的变化无穷的口感，无不令人惊叹。中国的厨师个个像魔术大师，都能把"水火交攻"的把戏玩到炉火纯青的境地，这是中华美食文化八千年来的修炼成果。饕餮客们口角流涎的同时,对中国厨师的高超技艺赞不绝口。这是一场食物艺术的盛宴,中国的大厨们个个都是艺术大师。

在该纪录片中,大师居长龙的"文思豆腐"给人留下了深刻的印象。平淡无奇的一块水豆腐,在大师的手中入水成花,好似一幅如梦如幻的烟雨图,惊得人拍案叫绝。好文章与之有异曲同工之妙。日常惯用的文字如假以"大厨"之手烹制,其意自会不落俗套,出类拔萃。

食物有一千种组合和一千种配方。有着如此智慧的诗人高璨,文字在她的笔下精神焕发,神出鬼没,变幻莫测地演绎着令人击节称赏的诗歌。诗人高璨与文字的遇见带给人们一场文字艺术盛宴。

文字如水无形,文字随波逐流,随圆就方。文字在不同的时代里跳跃如常,一刻也不安分。文字流着文人的心血,说着自己的事情。文字有太多太多的故事,恒久倾诉。

李白有他的浪漫,杜甫有他的现实,苏轼有他的豪放,李清照有她的婉约。新生代诗人高璨有着空灵玄妙的空间感。她用诗写一切,包括诗本身。这真是一种奇妙的抒写,写诗的以诗写诗,诗风诗意诗见。诗人澎湃的诗情、绵绵的诗意,写世界万物,写自己心中的自己。高璨这样说:

二十年蓦然惊觉/诗原是喝血长大的怪物/心头之血 敢问/一两几钱

——《寒》

> 大地疯狂作诗/付之一炬或流水都太可惜/所以将它遗传//于是太多天机泄露/我只撷取几滴/写了很久
>
> ——《十二月·七月》

> 诗会忘记她的作者/一阵摩挲之后/变成有些人的猫儿/有些人的婴儿
>
> ——《择》

新的时代，有新的诗歌风格。当代诗歌在遭遇很长一段时间的低谷后，近几年风生水起，这是新时期人们的一种精神需求。文字，在遭遇当代人的需求时，各种流派层出不穷，在编排和使用上也呈现出百花齐放之势。21世纪开始，各种流派的当代诗歌，大有你方唱罢我登场的态势。新新诗词文学派、窗诗派、泰戈尔体诗歌、灵性诗歌、80后诗人、90后诗人、素颜派诗人、简文派、流萤诗派、新传统派，等等，层出不穷，真可谓百家争鸣。"仓圣造字鬼神惊"，文字以各种华丽的姿态，在当代诗人的笔下争奇斗艳。

面对各种流派，新生代诗人高璨却自成一派。

笔者认为，高璨是一个超然于物外，理性而中质的秘密发现者和记录者。在这里，暂且妄称其为"空间派诗人"吧。关于高璨的诗歌派系，目前还没有明确的定性，她的诗风在当代众多诗歌流派中独树一帜，卓尔不群。尼采说，创造历史的人往往是不自知的。所以，请相信，高璨一定会从"90后诗人"的泛称中脱颖而出，自成一家。

在诗人高璨的所有作品中，常用文字的应用数量绝对不会超过2000个。她对于文字的神性驾驭、挥洒自如，在新时代的自由诗歌形式中脱颖而出，可说是文字组合的一种独辟蹊径。其诗深远又不事张扬。高璨的诗，文化底蕴浓厚，文化气息深郁，却又充满现代感和前所未有的空间感。天才不可复制，但诗风有迹可循。诗人高璨对文字的这种运用，在诗歌的发展历史与文学价值上是具有一定代表意义的，她开创了"空间派"诗歌的先河，走在了新时代诗歌的潮头，是未来诗歌的里程碑。

当诗人与文字相遇，诗歌即是时代，诗歌即是诗人。

诗人与宗教的遇见

生活即禅。

禅是什么？不是禅自身以外的任何环境与物质。清幽神邸，经卷念珠，长袍飘逸，声声梵歌，等等，都不过是禅静穆清幽的表象，离禅八丈远呢！网络时代喧嚣的尘俗，嘈杂纷扰的各种声音，环境与物质的禅，是可笑的。禅终是难以抵达的彼岸。

禅，是个体与所遇世界和谐共振的频率与阐释。每个人心里都住着一尊佛，生死之间的旅途贪嗔痴难了。恶人之所以举起屠刀，是糊涂地找错了借口。生活的全部皆是修行，动静虚无，举手投足皆是禅，终其一生，答卷的好坏，是心中佛坛前明灭的灯盏。

"溪花与禅意，相对亦忘言。" 清空安宁的心境，是佛教中的一种修行，唐代刘长卿这一句禅诗，禅意十足。这种完美的结合，是禅与禅诗的绝句。古代文人雅士所追寻的那种精神上的清静闲逸与佛教所宣扬的出世入世精神有着直接的关系。宗教思想带给当时人们的是一种生活的态度，形成了有识阶层的一种文化共识。他们所追寻的生活，有了一种形式的表达。这是一种生活的艺术。

诗人高璨游历颇广，博览群书。《艺术如是说·艺术起源于宗教》中，在佛寺与教堂之间，岩画与祭坛上下，压抑沉闷的氛围，奇怪又令人费解的一切，未能将诗人导入一种令人膜拜的思想禁锢之中，相反，她的思想异常活跃，获得了一种思想萌发。她写道：

远古时期，艺术家与宗教师无异，并且宗教感的萌生在先，其为艺术的萌芽带来了妥当的借口。

祭祀的火堆燃得越旺，艺术的火舌就越是妖娆；祭祀的火把举得越高，艺术就拥有了燎原之势。

禅意是宗教带给生活的艺术留白。

人们常于宗教的修行与冥想中追寻生活的真相、生命的真谛。诗人高璨在思维上的空间感，使她站在了生活艺术留白的空间之中，让她有了一种灵性。童年时期的诗人，于诗中感悟生活时，便不时透露出灵性所悟的禅诗。这是一种从自然中得以领悟的思想的天然纯净之美，浑然天成，毫无矫饰，若通灵之感。诗人天生的禅心晕染着生活的艺术留白之余韵，她的诗，禅意幽远，空灵玄妙，文学气息浓郁。

看见水底鱼儿一个摆尾，诗人便感觉窗外梧桐树上的一片叶子从枝头凋落；僧人捡起一片落叶，微笑着撒下一把米，这抚门的小手，是枝头小麻雀的使者；……童年时的诗人，颖悟力与灵性极高，随手便能拨响禅意之弦。少女时代，她在《我是一个完全闲下来的人》中写道：

> 我的脑中/罗列单纯的自然景物越多/悠闲也越多

诗人不掺杂任何羁绊与负累的心境，宛若初生婴儿般纯净美好，使她所见之事物越多，就会越多地有着自己的思索。没有外物干扰的宁静，物我两忘般简单，她思绪幻化万千，如云朵飘逸自如。这是一种悠闲的禅意。在享受这份恬淡宁静的悠闲的同时，诗人把自己的生活过成了一首诗，这大概是禅的最高境界。

从诗中来，到诗中去，诗人活在诗里：

> 我是一个半睡半醒的人/落笔沉眠提笔清醒/下句诗要怎样说话我猜不到/诗句脸上的红晕提醒我/它们渴望活着
> ——《半醒》

世界万物皆有灵性，诗人以一种禅意栖居在生活的大地之上，以一种恬淡闲适的目光，静观万物，也与万物合化为一，这是一种生活的艺术。

有若前文所提到的美食大师，有着就地取材的大智慧，更有化腐朽为神奇的超凡能力。诗人高璨，凡她所遇，信手拈来，无一不能入诗，无一不有所悟，她的诗无处不在。一片禅心，她是一个生活的艺术家。

高璨是一个具有高度精神自由的思想者。

诗人在意识形态上的灵性与颖悟异于常人，观其作品，灵性之作不胜枚举。宗教这种社会特殊意识形态的存在，对高璨来说，是一种土壤，而她开出自己的灵性之花。

她对宗教的涉及是多样的，佛教、道教、基督教等。从严格意义上讲，她并未对某种宗教产生固定的信仰与膜拜，多是一个思想者对各种精神领域的领悟与阐释。这一种灵性感悟的通联，使她的思想更加深邃，更加超脱。这是诗人与宗教遇见的价值所在，以思想照见思想，是精神自由的一个高度。

诗人高璨面对宗教文化是一个纯粹的感受者。她行走在自己的森林里，从各种宗教思想的镜子里捡拾着自己，对着镜子梳理着。她的灵性是一把思想的梳子，当她从一面面镜子前走过，生活即禅。诗人与宗教的遇见，她是自己。

在《镜子》一文中，高璨写道：

> 我们在自己构造出的镜子里信仰宗教。
> ....
> 但是我们需要镜子，使事物变得真实，很多恐怖故事中都讲到镜子照不到鬼魂，也是因为这个传统观念。宗教使善恶都变得真实，就像是人类的定义法，一定要将事物画出轮廓。

后来，在《善与恶》一文中，高璨对宗教发出了惊世骇俗的声音。她写道：

> 善恶的学说已经过时了。她和所有过时的学说躺在一起,屋子里落满灰尘,这些曾经闪闪发光的名字,总是被过度描述。
>
> ……………
>
> 善更是这样,不能被要求,一棵苹果树怎么能开出梨花呢。

的确,俗常如我的人,比比皆是。善恶全凭人之一己之私来定,个人视野局限,定格在庸俗之中而永不自出,实在可悲,可怜,可叹。

同样,在《衣服》一文中,高璨因着宗教中肉体是包裹灵魂的衣服的思想,从中感悟着灵魂、生死、七情六欲、苦难成功……她写出惊人的文字:

> 超度的第三时系念中有一句"度亡灵出爱河",我听闻,佛也是心虚的。为死者超度的亲人,都在爱与情弥漫的梦里,却要念经让他醒来去西方世界,难。

感受宗教,却从不依赖宗教;有感而发,全是属于自己的思想;敢对宗教思想发出惊世骇俗的声音,也对宗教的深不可及由衷敬畏。诗人高璨在精神意识的世界里既勇敢无畏,又纯洁率真。她是一个精神自由的勇士,也是一个纯粹的思想者。

宗教在打哑谜/天机不可泄露

——《哑谜》

我去过西藏，却无法抵达。

——《抵达》

正因为是这样一个精神自由的思想者，她就不会局限于某种宗教思想的阐释，而更多的是阐释自己的思想。这样的诗人，其作品中便有着思想领域的跳跃与连横，体现了诗人的精神自由。她这样写：

> 可我隐约感受到并坚信着真正的西藏并不在人间，耶路撒冷只是人类的耶路撒冷（即便说它是人类的上帝之城），而西藏不仅是人类的西藏，更是自然的西藏。大自然难道不应该是一切信仰崇拜的根源和归宿？

——《抵达》

就像从蛇开始的宗教/将撒旦讲作蛇//先知只需要一个/最先背叛祖先的人//而大多数的凡人要留下/来构成这个理论

——《洞穴论》

用佛教徒的话来说，高璨是个有慧根的人，她的眼耳鼻舌身意，尤为敏锐，好似可以谛听万物的声音。幼年时的她，就常常写出具有禅意的诗句。10岁的她写道：

> 昙花/不理解成语/他只是生活在一瞬间、一瞬间/做一朵快乐的花
>
> ——《生活在一瞬间、一瞬间》

那种活在当下的豁达、快乐生活的潇洒、意境优美的诗句，充满着禅意。生命的每个瞬间都是不可复制和再现的唯一，唯有珍惜。

> 一个扫院子的人/在风中扫着/扫着不尽的落叶//头顶飞过一群雁/学会了轻/一点声音也没有/仿佛雾从远处漫了过来//扫院人仍关注/地面的黄叶/甚至没有发现/秋的到来
>
> ——《悄悄的秋》

这两首禅诗均写自她10岁的时候，诗人还是个孩童，却拥有这种不恋过去、不畏将来的坦然从容的禅心，实属难得。现在有太多的成年人，以自己的私心贪婪地催化稚子的早熟，可怜的孩子们扮着成熟的姿态，讲着老气横秋的话语，而成年人的世界却奇怪地繁殖出一个庞大的巨婴群体。反季节的果蔬尝来索然无味，四季尽失之下，是毫无禅心的生活。

高璨自然而然生长着，生活坦然从容，写出了诸多充满

禅意、富有哲思的诗句。成年后的诗人有一种奇特的成熟,她的禅诗中不乏老辣的哲思、哲理,却异常得纯净、简单,有无法泯灭的质朴、单纯,却能娴熟地诠释深奥晦涩的哲理、沉重沉闷的话题。这二者之间有着一种奇特的生长,这让高璨的禅诗,具有一种独特的意韵。

> 修葺眉宇间的温柔/建一座庙/请一尊佛/燃一炷香/风雨不为所动
>
> ——《奢》

> 鱼在湖水里河水里我非鱼/我在世界的水里光阴的水里/摆动尾鳍扭动身体抬头问你/我们是否还会相遇
>
> ——《十二月》

> 或许每一片雪花都有一条鱼的灵魂,她们都姓水,在大地上往复生息。
>
> ——《迷景》

似此,如果不是诗人具备了不受杂念侵袭的笃定强大的内心、精神自由的力量,那么,她一路走来,何来这么多具有思想价值与美学价值的文学作品,何来这份宁静平和呢?禅,无处不在;禅,自在人心。诗人高璨从宗教庄严肃穆的大门中穿过,走向精神自由的广袤天地,她是一个真正的思想者。

《抵达》一文，是高璨在高考结束去西藏游历后写下的。这块离天最近的地方让她感受到了宗教般神圣的触动。西藏，是天地开始的地方，雪山湖泊、草原牛羊、云朵与经幡全是它们的爱情。雪域高原的景色神国一样存在着，在世界屋脊上行走的人，身处这片雄奇傲岸广袤的土地，会感受到太多的不可思议。大自然静若处子般的纯洁、坦荡、自由，无不令人心生敬畏。天地间，红衣喇嘛转动着经筒，长吟短唱着生死之歌。凡俗的你我，于喧嚣的尘世辗转穿行，忽而顿悟，却贪嗔难了。

看过许多有关西藏的文章，受到大自然洗礼的灵魂，唱出的都是一曲曲触动心魂的赞歌。有关生死的了悟，了悟后的豁然开朗、超然物外，无不令人动容。然而，思想者高璨却发出了前所未有的声音。

在西藏，诗人感受到一种精神"卸载"后的放空。诗人看山是山，看水是水，看牛羊是牛羊，看万物是它原本的模样。人的心灵在西藏稀薄的空气里，少有杂质，纯粹、洁净。这时的诗人，看山有山的话，看水有水的情，看懂牛羊的心事、万物的心事，非即眼耳舌身意的细腻敏锐，而是西藏的山水万物与诗人的心灵相通。

诗人此时的心境与她十几岁时所作《我是一个完全闲下来的人》一诗中闲淡超然的禅意异曲同工：

我仰头看着月亮微笑/我是一个完全闲下来的人/月亮的容貌总是不同/我无一例外地看不透她的心思/她

却无一例外地道出我的想法

经历了应试教育体制考核的诗人,在神秘、神奇、神圣的西藏,一如回到童年般"卸载"了自己,努力地遗忘着尘世,又困惑于自己依然距离草原很远,依然无法抵达。这是一份真实的情感,这是一声真实的惊呼,是诗人对神圣而不可即的自然的敬畏与谦卑之情。是的,去西藏的人太多太多,真正领悟到西藏的有几人,又有几人能道出这种领悟?这种呼喊是精神力量给予的。

那么多的赞歌,那么多的灵性火花,然而只这一句实话:"我去过西藏,却无法抵达。"孱弱的心灵一阵痉挛,实话总是直刺人心,直白而坦诚,让人羞涩。终于承认了,凡俗的人们,离真正的西藏永远有一段尘世的距离。诗人的这一句禅语,确实是"宗教在打哑谜","天机不可泄露"。

> 朝圣者说拉萨是信仰匍匐在人间/布达拉宫是神秘来自前世来生/太阳点燃金顶史诗/炽热的浓浆淌入每一盏细小窗口/唯独缺了达赖六世的那座/世人心中却为他建造了千万座
>
> ——《拉萨》

《种粟》一文中,令诗人与世界遇见,令诗人对这个世界的认识和爱有了最初的感触和文字的四只小狗最终都离开了,诗人因此为自己缝制了一件行走世界的理性铠甲,终是在宗教

的意识里得到了一种心灵的慰藉与解脱:

> 一万只狗在草坪上奔跑,我只有身边这只,他跑得很快,我深知某日将跑出我的边际。
>
> 都是水,在一条河里并肩流淌,都有个蒸发的时限,纵使一起入海了,来日相遇,你不认识我,我不怀念你,我们之前对视过,拥抱过,对于海洋来说,都是粟。
>
> 我可能,也只是徒有一小片土地,播种谷物,春种秋收,并没有养过什么狗。

除善良与爱是人类永恒的主题外,诗人心底有着一种天生的慈悲。这是一颗天生的禅心,让她于生活中发出自己的心灵感悟与呼喊。诗中不时流泻的那份淡定超然,便是禅的闲淡、闲适。诗人有着静观万物的淡定,宗教带给人们的精神力量,正是宗教中所要修炼的出尘之美。

诗人思维开阔,敏捷而活跃,想象力十分丰富。她从宗教神圣而肃穆的大门中穿过时,发出勇敢的声音,并以心底的善良仁爱做着呼应。这些来自人类心底的柔软和爱,与宗教中最基本的灵魂是那样接近。善于用诗表达情感的她,因此写出了许多淡定超然的禅诗,天人化一,写出了许多体现慈悲的禅诗。世界万物皆美,处处有爱,流露出诗人心中的柔软善良。

> 桃花在春天睁开眼睛/在春天死去/开放时没有欢呼/凋零时也无叹息
>
> ——《宛若桃花》

> 而我如同桃花漂在水面/漂在大山的心里/学会爱与柔软
>
> ——《流水桃花》

灵性之光慢慢滋养生命之树，在这种光的沐浴下，她慢慢成长，温和而定力十足，享受生命每个季节应有的感悟。春有柳芽，夏有花，秋月清朗，冬有雪，她用诗吟唱生命的四季，享受属于自己的人生，享受自己的世界。禅心禅意，诗人就在这里。

庄子说："至人无己，神人无功，圣人无名。"实现精神自由的最好办法就是顺应自然规律，坦然面对死亡，淡泊名利，达到"齐生死，忘物我"的精神自由的境界，没有枷锁与执念，这便是人最大的自由。

诗人与宗教遇见了，诗人有与自己世界和谐共振的频率与阐释，这是一个精神自由的思想者活出的生活艺术。

文学永远年轻

一谈起文学,跳入人们脑海的,往往是沉重的书房、冗长的历史、厚重的眼镜、蕴藉的神态,甚至是耄耋长者、皓首老夫等等。如此,文学,真的是太重了。要谈起文学,要有资格谈论文学,好似只有"之乎者也"才是其最得当的标配。这样的文学,不是文学。

文学是灵魂的童年。文学不分年龄,文学永远年轻。

人是情感丰富的物种,七情六欲是人与世界的纽带。文学是神圣的,它的神圣是让面对自己生命的每个人,能有触及灵魂的感动。幼童与老者都是文学的受众与创造者。稚子如泄天机的哲语,老者童趣直白的了悟,都是文学。

文学作品带给人类最为核心的价值是爱与善良,这是人类最崇高的情感,也是永恒不变的旋律,一如人类那颗纯净透明的水晶般的童心。曾经轰动一时的金句"愿你出走半生,归来仍是少年",便是对爱与善良的深情呼唤。无论是耄耋之年,还是垂髫之时,人类无不以心底留存最初的真善美为幸福。能有此心境者,生命都沉浸在童年般幸福美好的时光里。同样,能给人们带来美好感受的文学作品,不分时代,不分国界,都有着爱与善良的召唤,使人们回味着童年时光般的美好。这是文学作品的魅力，它是灵魂的童年再现，文学永远是年轻的。

文学永远年轻，文学不必以作者年龄为衡量单位。

高璨是天生的诗人，她在童年时便写下了《镜子和狗》《悄悄的秋》《老钟表》等令人称奇的诗歌。这些极具文学与审美价值的作品，惊得人们睁大了眼睛，对她充满了好奇。接着，天赋异禀的高璨，迅速找到自己与世界接轨的路径，她跑了起来，一边看人生的风景，一边宣泄自我的情感与感悟。再后来，她的世界越来越大，她的诗也越来越多，但她作品的核心价值观却恒久不变，对这个世界的爱与善良，一如诗人一直守护着的那颗纯净质朴的心灵。

11岁的她说：

感谢秋天的落叶/这些黄色的蝴蝶/一只只从枝头飞下/温暖了整个冬天//那封写在白雪上的信/有着包含不住的温暖/那是春天从远方寄来的贺卡

——《落叶如蝴蝶躺在春天的手心》

一棵干枯的老树/永远站在春天的门口/将一枝藤条/递进春天的家

——《一棵干枯的老树》

18岁的她也说：

睡莲开了又开　仍是同一朵/两翼的袅袅红金鱼

水中炊烟/屋舍已备好菜肴和回家的路/是该听见舟桨还是驼铃

——《山外有雨》

女子在河边绾好长发/裤脚/河约会那中央的苇草/诗经说完了秘密/荇菜水中游/心上人就只在心上走

——《魔术》

一路走来，高璨诗底潜留着的爱与善良的情感一直没变，这条流淌在诗人身体里的血脉，它汩汩涌动，激情澎湃。诗人永远年轻，文学便永远年轻。这样的诗人，她一开始是文学的，她一开始便站在了文学的殿堂里。

高产高质的诗人，她太年轻了，"她还是一个孩子"，人们总爱用一种长者的口吻这样说。究其原因，个人认为：这是一份真挚的爱护之情，是对一个天才诗人的保护。文学何其神圣，文学何其厚重，人们对诗人表示赞扬与欣赏的同时，渴望她长大，渴望她绵绵不绝的诗歌，如同渴望文学的神圣能永久带给人们憧憬与希望。天才，在人们的心目中，有一种不容亵渎的神圣与完美，这是人们总愿将她说成"孩子"的真实想法。爱她的人们，惧怕天才的成年会带来文学希望的破灭，那将令人锥心刺骨，人们不愿意看到这样的结果；所以，人们为"孩子"能写出内涵深刻、意境深远的诗而称奇，然后，还是按照常理将诗作划进少年儿童文学作品之中。历史上有太多文学天才没落，令人扼腕长叹。笔者认为，在这个爱情已死、文学已老的时代里,诗人高璨是人们悉心呵护的一朵花蕾。"她还是一个孩子",包含了多少深情的爱与保护呢。

这里有一个人们认识产生的误差。仅以她少女时期的诗集《出尘之美》为例,集子中96首诗,诗人多以成人眼中"稚气"的事物为抒写的对象,诸如花儿、鸟儿、鱼儿、月儿等等。然而,诗人的诗,是有一种穿透力的,这使她总能通过简单的事物,阐释事物背后的内涵、哲理、禅意,还有童年般美好的爱与善良,这些恰恰是成年人世界里已经形成或正在寻找的东西。似此,啧啧称奇的不应是与年龄不符的深刻诗境,而应是诗人高璨从一开始便站在了文学世界的殿堂里,她一开始就是文学的。这是文学的魅力,她的诗,是具有文学价值和文学地位的。

其实,这种担心和保护是多余的,诗人早已成年,诗歌愈发精彩。

18岁的诗人写着:

进入不了石头/因为它们没有门/唤不回雪人/因为它们没耳朵

——《山水禅》

要从日中取出火/月亮夜夜由死入生
——《何所冬暖 何所夏寒 念屈原·问》

天在蓝它的眸子/水在淌它的心事/有昼 有夜 又

一日

——《山外有雨》

诗歌最高的境界是想象力和意象力营造出的一个无界的文字艺术空间，带给人们一种美的享受与希望，这是很多诗人终生追寻的目标，也是很多写诗的人怀有的缘木求鱼的尴尬。诗人高璨，从较早的诗《镜子和狗》开始，便站在了诗的起点，这个起点却是很多人终生追寻的终点。

中国当代著名学者、哲学家周国平对少年高璨这样评价："意象之饱满，意蕴之深邃，构思之独特，文字之简洁，俨然经典之作，真可以和大诗人的作品媲美。她今年13岁，写这几首诗的时候才10岁和11岁，这使我相信，文学是超越于年龄的。"在这个高起点上，诗人高璨向着诗歌更高的境界奔跑而去，她试图寻找将所有字符排列形成所有诗的境界，试图将目之所及都以诗的形式呈现，也试图用诗构筑一个属于自己的诗之国度……我相信，不论诗人在这个高起点上最终达到何种境界，爱与善良是文学永恒的魅力所在。

这是一条充满挑战的艺术之路，诗人高璨有着自己的从容与笃定。与人们脑海中所刻画出的天才形象大相径庭，诗人高璨没有忧郁、怪异的神态，也没有孤独、灰暗的心理，相反，她是一个充满活力、身披阳光、求知欲旺盛并对生活充满热爱、会享受生活的女孩。她少年成名，但她对精神自由外的任何事物都无追求，她按照自己喜爱的方式生活着。学校里，她是重点中学成绩名列前茅、德智体全面发展的优等生，不偏科，对所有知识都充满浓厚的兴趣与探索欲；课堂外，她是高挑健美的女孩，时而在篮球场挥洒汗水，时而弹奏着钢琴曲陶冶心神。她曾说："写作对我而言，就是想写什么写什么，我从不去想我一定要写什么。"一切都是发乎于诗人心性的自然流淌，高璨是一个心中有爱、热爱生命、热爱生活、享受生活的阳光诗人。

当人们说"她是一个天才"时，睿智的高璨在《谴责·对逻辑的谴责》一文中，自信地证明着自己，她说："并不是有缺陷的人更容易出艺术的天才，而是健全者被逻辑感没收了疆场和草原。"阳光健康的心理，理性旷达的心态，诗人高璨对自己的生活有一种收放自如、游刃有余的驾驭力。

项羽一把火烧毁了接天连宇、举世无双的秦阿房宫，是他无法驾驭历史的愤怒所致；四大美人之一的杨贵妃马嵬坡被逼悬梁自尽，是皇权失控后寻求抗衡的借口；海子的卧轨自杀，是心态偏离导致的失控……诸如此类，各种不同寻常的怪异，都源自无法驾驭的软弱与反抗。如此，一个柔软而平和的人，内心当有多么大的定力啊！

少女高璨有一首诗写道：

> 其实蜗牛可以爬得更快一些/只不过很多的人/挽留它们/只不过它们爱所有风景//它们才不希望像那些/每时每刻奔跑者/失去了什么却浑然不知/直到生命只剩下一个终点
> ——《其实蜗牛可以爬得更快一些》

热爱生命，享受生命，高璨的眼睛里，永远有着四月阳光般温和的笑意。健康阳光的心态，把生命当成风景欣赏的不疾不徐，把生活当成一首诗来写的诗人，不为写作而写，只为实现精神自由。只为表达生命情感而写的人，其一生本身就是一种艺术。这使高璨具备了一个文艺大师所需的难得而珍贵的素质，也会让她在自己高起点的艺术之路上，百尺竿头，将生命修炼得炉火纯青。

国外涌现的一些儿童文学大师，安徒生、塞尔玛·拉格勒夫、格林兄弟等等，国内在儿童文学方面有所成就的曹文轩、沈石溪、杨红樱等人，都是成年人，他们的文学作品不仅受青少年热捧，也深受成年人喜爱。这是为什么？这是文学的魅力。成年人所追寻的，和少年时及今天的高璨所写的，不正一样吗？不都是人们所追寻和渴望的爱与善良，不都是文学的价值所在吗？

还有，纵观古今中外的文学经典，文学大师带来无数令人难忘的经典形象，大师以丰富而伟大的灵魂，以自己生命和智慧写就的作品，带给人们以启示和引领；在那一部部文学作品中，沸腾的热血、激荡胸怀的情操、深沉的爱与善良，恒久留存，永不磨灭，似璀璨的星空永远闪耀在人们的心头，坚定着人们前进的脚步，引领着人们对生命充满热爱，对生活满怀希望。文学异常强大，千百年来一直生机勃勃，支撑着无以数计的灵魂，它活力四射地流淌在人们的身体里。文学永远是年轻的。

诗人高璨，从一开始，便是文学的。就像她自己写的：

诗是血脉/然我的这支/随我之生/而生/我之逝/而亡

——《诗》

她的作品，很有文学价值并值得研究。她用诗歌感动自己，滋养生命，也带给读者一种美的享受与追寻，带来心灵深处的震撼及诘问。这是文学作品的可贵之处，也正是高璨作品的价值所在。所以，这样的诗人，这样的作品，不必以年龄为衡量单位。诗人高璨一直强有力地存在着。

天才诗人

天才诗人,是人们对高璨的赞誉。

高璨对文字神性的感知与运用,超常的想象力和意象力,思维的专注,精神世界的自由,体魄的健美,性格的温和从容,心态的阳光积极,超强的记忆力,对知识的探索与研究,高产高质的文学作品以及童年时便一举成名的经历,这一系列因素,是她具备天才素质的直接力证。

时代造就属于时代的天才。在社会历史条件制约下,如果社会需要而又具备天才发展的条件,天才就有可能出现。不同时代的需要不同,会激发不同天才的发展。比如:战争时期,军事天才得以发展;和平建设时期,科学家、艺术家、设计师等天才得以发展;欧洲文艺复兴时期,一大批文化艺术天才涌现;等等。

中国的诗歌,从"三古七段"之分到当代诗歌流派争鸣,现处于诗歌发展的转折阶段。高璨独具文学与审美价值的诗歌的出现,引发了诗坛的热议,甚至是诗风的追寻。她空间感十足的强烈诗风,独树一帜,出尘而来。在中国当代诗坛,诗人高璨的到来,是注定的,有如"乱世出英雄";高璨脱颖而出,她的诗歌具有时代的代表意义。天才诗人如斯。

对文字运用出神入化的高璨,却是一个识字较晚的孩子。据了解,幼年时的高璨并没有3岁背百首古诗,7岁出口成诗的经历,她的父母完全顺应孩子的需求而因势利导进行培养。在超强记忆力的作用下,高璨很快从听故事过渡到自己编述故事,她的创造性的想象力、严密的思维、清晰且跳跃的逻辑,使她的故事像《一千零一夜》一样长,充满灵性且自然流淌,佳句迭出,令人瞠目结舌。小高璨的灵性像是被一种神奇的力量接通了,至此开启了她的天才之路。

灵性之光,有如引擎,它能启迪暗藏在心灵深处的智慧,它有早有晚,有短有长,有一时智慧火花的闪烁,也有如幽谷甘泉汩汩不歇。

甘罗12岁为相后便籍籍无名,这样一个早慧的人,有如一朵早开的花。这种打破人类发展规律的事例,是灵性之光在其生命中过早绽放的作用,释放了生命的精华之后,注定会回归正轨,做一个普通的人。

大器晚成也不乏其人。元代大画家黄公望,是在50岁知命之年突发奇想学画画的,终成就了一段励志佳话。其实,仔细一想,这只是一个人的厚积薄发。这时的灵性之光有如引擎,黄公望潜藏于心灵深处的才情,在引擎的引导下,喷薄而出。

灵性之光乍现也另有其人。美国著名的基督教圣徒考门夫人人到中年,突然迸发了灵性之光,著就了一本在世界上拥有无数基督教徒及教外人士读者的划时代巨著《荒漠甘泉》。考门夫人将诵经的心得体会、人生感受、智慧哲理、妙语箴言精妙地融于一体,以其丰富的内涵、精深的意蕴、感人的情怀及巨大的魅力征服了亿万人。此书一经出版，即成为畅销世界的不朽名著。当时，灵性之光突然间照亮了虔诚教徒考门夫人的心灵，她每日一篇精美感悟之作，日日著就，终成就了这部不朽之作。其后，便再无所得，世人无不称奇。

天才少年在中外历史上大有其人，多在成年后才华耗损，江郎才尽，黯淡无光。这些姑且称作思想的早慧者吧！早慧是早熟，如同一株在春天就开过花结出果的小树，不用再慢腾腾地度过春夏秋冬四季。

高璨不属于此种范畴。她并不是一个早慧的人，她的才华好似广袤草原上的一条河流，蜿蜒而来，奔放自如。我惊讶于那条穿山越岭、莽莽奔腾、一路向东的白龙江，却对甘南草原郎木寺下的一条小溪不以为然。殊不知，轻描淡写的源头与浓墨重彩的大江一脉相承，我因自己的轻率而失语，也不再对一览无余的小溪等闲视之。

一颗砸在头上的苹果，开启了牛顿伟大的天才之旅。所以，我不认同也不喜欢把天才与早熟早慧等同视之的观点，同样，也不喜欢时光留给一个生命的正常的喜怒哀乐，被视为因才华彰显而扩大了某种情绪特性，这是一种无理取闹。

纵观诗人高璨二十年来的成长经历，她并没有表现出早熟者令人惊异的举动或者怪异的行为。在诗人身上，有的只是天性使然的自然成长状态：她有着孩童该有的调皮可爱，有着少女才有的懵懂羞涩，也有着青春女孩对爱的憧憬与向往。她的诗里，有她的成长足迹。诗人高璨的生理及心理发展完全遵循正常人的成长轨迹。她正常入学时才开始识字受教育，并按照中国教育体制教学目标进行系统学习。写诗对于年少的诗人来说，就像她喜欢的篮球和钢琴一样，简单得不能再简单，是学习之余的一种正常活动。诗人写诗只利用周休时间完成，像是完成一次次心灵洗礼与情感倾诉，平静而自如。

有如一株正常成长的树木，在灵性之光的沐浴下，诗人稳健成长。随着时光的推移，她的世界逐渐变大，知识结构也逐步建成，以诗歌为载体，用来记录生命感受的对象也随之增加，一切都自然而然。她的才情，于童年中发芽，于童年中生长，以灵性涵养，用灵魂诉说，她汲取又融会贯通，她有所出更有所悟。从她的作品中，人们常能找到自己，可以照见自己的精神。她的诗有一种跨越国界、种族、人群的自由之态，这是她作品的一大魅力所在。

就存在于人身上的兽性、感性、理性、悟性、灵性、神性这六个等级来说，智慧是从第三级的理性开始的，经验智慧出现于第四等级悟性，超然智慧出现于第五等级灵性，启示和预言范围的则属于最高等的神性。感性会使一个人陷于迷失、混沌、疯狂，理性会造成一个人的冷漠、局限、自执，悟性、灵性、神性则会给人带来正面的积极影响。悟性会带给一个人智慧、平静的心态，灵性会带给一个人敏锐的洞悉力、宽容澄净的性情，神性则会有先见先知和启示的超能力。

人都是聪明的，可千年前的孔子早说过，人的智商生而不同，科学证实也确是如此。所以，聪明和智慧有时混淆难分，悟性时常僭越灵性。然而，事实上，灵性之光也会时不时降临，如甘罗，如考门夫人。

在古希腊神话中，缪斯女神是文学艺术的化身。缪斯，即Muses，英语中音乐一词即来源于此。高璨那叩击心魂的琴声，心灵像是被音乐的潮水浸润了。这时，我想到了著名诗人耿翔《读莫扎特与忆乡村》一文。耿翔从莫扎特的琴声里，听到了大地上所有的声音，听到了解读心灵的语言，听到了与声音有关的所有记忆……诗与音乐，是最接近上帝的事情，二者在诗人身上竟有了完美的结合。缪斯女神亲吻过诗人的额头吗？灵性之光伴随着美妙的琴音翩然而来，诗人高璨说："我的诗，好像是从我弹奏钢琴时的指尖上流出来的。"

诗人高璨生就平静温和不受干扰的思维，当灵性之光的引擎开启了她敏锐的心智，《镜子和狗》《老钟表》等令人称奇的诗歌便应运而生。年幼的诗人，像是揭开了夜空上方思想帷幕的一角，窥见闪烁的满天繁星。灵性之光在诗人弹奏着钢琴的指尖跳跃着，于美妙的琴声之中，一个天才诗人于笔尖发出她灵魂的声音。

1963年的诺贝尔物理奖获得者威格纳博士说："人类具有一个非物质的意识力，能够影响物质的变化。"灵性是接近灵魂的，具有很高灵性的人，能够引起物质的变化。诗人高璨给文字赋予新的关系后，文化学者肖云儒说："汉语在她笔下陡然增大了信息量，由字之义而字之意而字之象。"诗人高璨与物质的东西有一种心灵上的接近，那些冰冷的、无声的甚至是呆滞的物质，诗人用一种物我相换的意识感受着它们，不仅用诗说了自己，也似替它们代言。这时的诗，是它们发出的声音，是它们通过与诗人灵魂的亲近，发出了自己的呼喊。这样的诗在高璨的作品中一直存在,并且很多,这是诗人与物的对话,也是灵魂与灵魂的对话。

诗人在诗中写:

他们的云通灵/草原的云通灵

——《云影》

在《眼瞒·雾里山》中,诗人说:

它也许认得我,那一定不是用双眼,而是用植物的经络,土壤的穴道,山石和动物的通灵——认识了我,也只是认识了我在山上的样子。

从以上所说人身上的六个等级来看,诗人异常敏锐的洞悉力及对文字异乎寻常的驾驭能力,是超常的人之灵性。这使得她写出的诗不是在悟性与灵性之间,而是在灵性与神性之间,或是一线之差。当然,在这个炒作包装近乎疯狂的时代,连"美女"这样的称谓也只是性别的一种艺术化。想到影星周星驰在剧中扮演的唐伯虎叫一声"美女",回眸一笑的所有女人,惊得观众目瞪口呆。诗人高璨十几年来一直用诗表达着自己的生命体验,她的诗里有一个异彩纷呈的世界,灵动而鲜活,言论自由精神也自由。这样的诗,使得她获得了太多的赞誉和声名。面对这些,灵性带来的澄静通透让诗人对此淡然视之,平静如水,她说:"我并不是神童,我只是说我想的话。"

9岁的诗人写《风到过哪里？》：

风的鞋上一定粘过世界各地的泥土/风的眼睛一定目睹过许多珍奇//风旅行过哪里/我不知道/风从不留下照片//风啊风/不过我知道/你刚来过我家/因为那调皮的稿纸/到地上玩了

14岁的诗人写《烛火》：

沉睡已久的/它们的影子在墙上苏醒了/那样清晰地向我/讲述它们有心跳的生命//……谁家紧靠墙壁的蜡烛/燃烧久了，墙上显现烛火的形状/一双黑色的祈祷的手

20岁的诗人写《滑稽》：

我们很滑稽/躺在坟墓里也不知/一辈子被谁骗了/一睁眼又是来世/婴儿的第一声啼哭/我向来觉得是/悔过/将要受欺瞒的一生

诗人高璨的诗，是在灵性之上的诗；诗人，是天才诗人。

穿行于天地间的精灵

但凡读过高璨诗歌,都会称奇于诗人别具一格的创作视角,我自不例外。《梦里》一诗,引起了我的兴趣,必须重点提一下,它几乎是我感知到诗人那独特视觉产生根源的最初线索。寻溯这条小径,我试着调转了我的视角,以此法品悟诗作,竟有了一种超然物外的感触。

身体薄得像一片纸/风一吹,飘了起来/飘出过去多少本厚厚的日历/飘出一条长长的画廊/画廊的两侧/人都像照片一样贴在时光的日记本里//……梦醒后,风不知是吹还是停/我并没有跟着起飞/照片与记忆总喜欢在我的梦中/演绎它们如何被时光牢记
——《梦里》

2014年时,由美国导演克里斯托弗·诺兰执导的影片《星际穿越》,讲述了这样一个故事:主人公库珀为拯救人类,和其团队在三维空间与五维空间中穿越,为人类寻找新的栖息地。在这部科幻电影里,人可以回到过去,也可穿越到未来,可以看到不同时空中的自己。这样,人的一生,有如一幅幅无

限连接的照片，当下的每一刻，也只是空间中无数照片中的一幅。生命中所有的瞬间，接连如同一条长长的画廊，这便是人的一生。

诗人高璨在2009年13岁左右时写下的这首诗，将我的记忆隧道打开了。在人生那条长长的画廊里，高璨像一个跳出三维空间的人，她用自己的眼睛看着这个世界，看着万物，并以诗记录自己的所见。所幸，后来我又在高璨的另一首诗里，验证了我对诗人的判断。高璨在《诗》中这样写：

跳跃性/是三维空间的居民/对更多维时空的一种/坚信不疑的搪塞

正是这样一种跳跃性思维，使得诗人的视角有了一个全新的角度，也正是这样的角度，将她带进了一个前所未有的、独具空灵感的创作空间，让她的诗有着更多的"坚信不疑"，更有着独树一帜的"空间派"诗意风格，还有着异乎寻常的灵性魅力。

外星"人"是人类的猜想，难怪外星"人"长着近乎人类的模样。三维空间和五维空间肯定同时存在，据说爱因斯坦在临终前一刻销毁了一些手稿，难道五维空间里外星"人"并不是"人"，而只是一种高智商的生物，或者超出了生物的范畴？文字起源时被赋予的意义与构成，只适用于普通人的生活，稚子奇怪的话语并不是一种意会的"搪塞"，而是未能泯灭的灵性，说着五维空间普通交流的符码，能听懂的是同类，包括对于人类来说毫无生命的万物。然而对于常人,这些都是令人称奇的诗。

高璨曾在采访中说,她的诗性得益于咿呀学语时父母宽容的理解和保护,从未被刻意纠正的词性、语法、结构让她有了话语自由。孩子的心纯净如白纸,我想,正是得益于这样的理解和保护,诗人的思维才得以冲破维度空间的灵性,才有了空灵玄妙的诗。在《诗》中,她这样写:

始于/用乱了字词//攀于宇宙/生作草叶/苍茫的土地上/每一次呼吸/都用神圣的腹语/推演苍老之历史

她像是一个穿行于天地间的精灵,自由往来于不同的时空,以开阔的诗意情怀、干净清爽的笔墨写出了一个诗人对诗的热爱:

天的最白处/海的最蓝处/取墨/冬的最深处/夏的最青处/落笔/四季流转/海天轮换/是起点/亦是终点
——《诗》

这样的诗,情深而精妙,灵动而独绝。诗人梦中被风吹起的日记画廊,载着诗人穿行于不同的时空,写着三维空间外的故事。这些与《星际迷航》情节不谋而合的诗作,可以算作诗人超然物外的视角来源与灵性空间得以认定的依据吧。

传说中,精灵一般以森林为家,喜爱自然,几乎与大自然融为一体。她们情感细腻,是天生的诗人,她们的诗闪烁着智慧的光芒。她们总是乐于在一些人类不能理解的事情上花费大量时间,比如聆听潺潺的流水声、林中的鸟鸣风吹等等。对于精灵来说,发现并享受一切美好的事情,才是其存在的意义。

诗人高璨,有着灵敏的眼耳鼻舌身意,其中尤以"意"最为超常。她像一个诗的精灵,振动着精神自由的翅膀,穿行于天地间,与物对话,感悟着三维空间以外美好的一切,写着灵性的诗。

《惹尘埃》说:

我忙着重逢/故乡在六小时之外

诗人求学海外,她最为留恋、思念的是故乡的一切。六小时之外的"意"没有时空的距离,所以,六小时之外,身居异邦的诗人仍在故乡……难道不是吗?世界上最近又最远的距离,是心的距离,就像手机修改了人类的空间一样,各捧手机的夫妻,咫尺天涯。不是吗?诗人在六小时外忙着重逢故乡,三维空间之外,是五维空间诗意的填充。

更有一首精妙的《花开在风之外》,如果说它是禅意诗,我要将它归类于"空间派"风格中。

春天花开在风之外/我走在花之外//……我和花儿都不在风里/似乎也不在春天里

花绽放在大地上，诗人行吟在大地上，风自吹着，花自开着，春天自有春天的繁忙，一切都是那么宁静、坦然，那么从容、率真，没有多余的牵绊，没有凡俗的强加，没有互为关系的束缚，没有因果的枷锁。花不开在春风里，开在花的世界里，花的鲜艳从来不是因为人的关系，人只走在自己的时空里。风吹过的大地，有春夏秋冬，有高山平原，风吹在自己的时空里，时空里包罗万象。诗人和花儿都不在风的时空里，似乎也不在春天里。

没有人为的定义，岁月是它原来的模样。每一件事物都只是它自己，都只在自己的空间里，也在其他的空间外，就像每一个人都是他自己，永远在他人之外，最亲密的关系如此，最亲近的血缘也如此。

一个精灵般的诗人穿行于天地间。高璨灵动的诗作总能以一种静若止水的从容惹得人思绪万千，遐思连连。这种"空间派"诗作中，最让我喜欢的，也最具代表性的是《十二月》（组诗）中的《十三月》这一首。单看题目"十三月"，已足够标新立异、诗味十足，这三个字，已然是诗。这有若羚羊挂角的诗境，决非哗众取宠，读罢，则于月夜下觅到了一丝影形。

诗人写完了尘世的十二月，将读者带到了奇妙的十三月。

说尽了人类的月份/还有世界的月份/不了解却熟识的月份//……十三月的河是十二个月不必流的泪/他的风吹拂幻境与死亡/他生活在我们遗忘了我

们无知的宽容里/他的时空扭曲着因而无限而不可遐想/十三月许是外星球的季节/他许是从我们抛弃的废墟中重建的一座王朝/他许是历史的归处是人类光阴的巢/他许是总在嗤嗤发笑因为逃脱了人类的定义法//我一直相信/人类之于自然如地球之于宇宙/我为十三月预留了空白/活的祭奠　刚刚转的笔锋/因他是不一样的王　我曾遇到过/并深深敬重/因总有一天我的岁月及所思所想都将随他而去/我本人　也将与他为伍

这里可以套用诗人的诗，说："十三月是十二月没开完的花事，十三月是十二月没讲完的故事。""十三月"足够震撼人心，也足够撩拨神经。在诗人高璨创造的"十三月"里，谁又能逃离？文学创作之于人类的魅力，是能叩开心之门，引起心灵的共鸣与震动。在这个人类的"十三月"里，诗人高璨为人们找到了灵魂的归宿——慈悲与宽容，自由与洒脱。

但愿，所有人都能读到这首《十三月》，但愿《十三月》能给所有读到它的人带来"十三月"真正的福祉。

解读高璨的密码

《诗经未说完的秘密》是高璨高中后期至大学初期所写的一部诗集。这时的诗人已从诗中走过了她的豆蔻年华，涉入青春岁月的河流，继续吟唱自己的生活。这个时期的高璨，把自己的诗性触角伸向了更宽泛的领域。

藏传佛教中的法螺，是一种宗教法器，象征着和平安谧、吉祥圆满。相传，释迦牟尼在鹿野苑初转法轮时，帝释天等将一右旋白色海螺献给佛祖，自此，法螺在宗教界广为应用。硕大的法螺以螺顶为中心，螺层沿螺轴旋转而上形成美妙的螺塔。据说，若将螺壳置于耳旁，可以听见各种声音，这声音是风声、海浪声、潮汐声，可能还是宇宙间神秘力量的回声。否则，人们怎会将其供奉于佛坛。

高璨诗情如河，淌到了青春的堤岸，性情如故，诗意如故。这时的她，年轻的生命有如一只海螺，蓬勃喷涌的诗句从诗心出发，沿着诗性诗情旋转而来，轮转出诗人的青春年华。文学如故，诗人亦如故，时光终将造就一个硕大的螺塔，就像诗人一直是诗人，一如她的初来。

诗人少时的诗作中，有太多太多提到梦的诗，就像诗集《梦跟颜色一样轻》一样，诗人把最美好的童年珍藏于这本以

"梦"命名的诗集中。青春时节，诗人除了沿袭有"梦"的诗，又有了诸多由"秘密"引发的诗作。是一种什么样的神秘力量，使得诗人有了解读世界万象秘密的欲望？是海螺中的风声、浪涛声、潮汐声？

笔者对"秘密"一词做了粗略统计：在《诗经未说完的秘密》一书中，"秘密"一词出现了八次；《乱象》是诗人在大学期间出版的一本随笔集，其中，"秘密"一词出现了十二次。高频词出现在不同的题材、不同的话题中，足以体现诗人对世象万物有着强烈的探索欲、强大的感知力、超凡的颖悟力。由此，个人对高璨的定义是：超然于物外，理性而中质的秘密发现者和记录者。

梦与谜，镜子与秘密，破碎与缝合，我惊奇地发现，这三组高频词，在高璨的文学创作中有着至关重要的地位与意义。这三组高频词，不但每组中词与词相关，而且三组词结合，形成了一个体系——诗人特有的创作根源、思想主张、精神要义、诗意风格。难道，正是这三组高频词建构了诗人特有的诗境与诗意的框架吗？难道，它们正是沿着螺轴旋转而上形成美妙螺塔的螺层吗？

诗人在梦和谜之间游离，就像在三维空间与五维空间中来往游离；在镜子的照见和秘密的发现中，她的眼光打碎了表象，又用自己的心灵去缝合，给了自己一个诗性的生命、诗的王国。她是一个喋喋不休的、忙着解释的诗人。这种以诗来解释所见、解释世界、解释自己的诗人，写诗便成为她的思考方式，写诗之外，她从不想什么，也从不说什么。

旧的世界与新的世界，物的世界与人的世界，现实的世界与虚空的世界，三维的世界与多维的世界，诗人用自己的目光，给了事物以解脱与新生、枷锁与救赎、打破与建立。

且看高频词第一组：梦与谜。

诗人在一首名为《谜》的诗中写：

> 小时候猜过许多谜语/后来在诗里讲给别人/但最大的我的谜底　翻书也找不到答案/大风大抵被众多谜语所困/季节　温度　人群　世事/它四处奔走

诗人在《谜》一文中写：

> 人生来对于自己是个最大的谜，要用一辈子去解开谜底。

人生对谁来说，都是一个未知数，活着的人都有或远或近的希望，哪怕是一顿饭，也是活着的希望和理由。能吃到吗？这真是一个谜，谜在无尽的生活里。解谜，生活的真相大抵如此。诗人高璨猜过许多谜，在诗里揭晓谜底，是她最大的乐趣。而她的诗，都和梦如影随形。

诗人有关梦的诗句、文字比比皆是，不胜枚举，她对于梦的提及，到了不厌其烦的地步，从她的一首诗中便可得知，梦之于诗人是创作中十分重要的一个组成部分。

《半醒》中写道：

有人在梦里醒来/有人在梦里做梦……∥我是一个半睡半醒的人/落笔沉眠提笔清醒/下句诗要怎样说话我猜不到/诗句脸上的红晕提醒我/它们渴望活着/从稿纸跃向空中然后永远生活漂浮在/云的翅膀花的眼神中/雨的喘息雪的穿行中/日的弦月的弓上

诗人因诗而醒,因诗而眠;梦里诗,诗里梦;诗人的诗作,大抵是在梦中作好,醒来只为落笔记录。在《光明之友·夜的喷泉》一文中,她写道:

梦去哪里过白天的生活,和人在一起吗?

如此,白天梦睡了,夜晚梦醒了,睡眠只是梦已复活。高璨的诗在梦中新生,她又在醒的世界做梦,这个梦,便是诗,这个做梦的人,便是诗人!

《表象外衣》写道:

我的书里会不会飞出三只脚的鸟/我的梦会不会告诉我剧终的内容/我的眼睛拍打世界/我的心织了件外衣

诗人说,谜在诗里揭晓。而她的梦正是诗。在梦与谜的构建中,诗人用自己的双眼洞悉世界,在梦里揭开为自己设立的谜底,醒来时写就的一首首诗作,是包裹自己心灵的外衣,是诗人与世界遇见时披着的外衣。

看高频词第二组：镜子与秘密。

"镜子"是诗人高璨作品中最为著名的一个词。那只从镜子中感受心跳的狗，诗人借"镜子"表达出的大孤独，至今还为人们所津津乐道。镜子像是生就与秘密扯不开干系，有着龙凤胎般一阴一阳的意趣。在许多文学作品中，镜子都曾出现过。不论是马尔克斯《百年孤独》中魔幻现实主义的"镜子之城"，还是刘慈欣《镜子》中一切黑暗将无处躲藏的科幻的"镜像时代"，镜子像它本身一样，有着一种魔幻而又现实的冷酷。"镜子之城"是将湮没的人类秘史再现，揭示人类社会现实生活的真相；"镜像时代"是将一切隐藏的显形，挑战人性中的阴暗，让秘密化为乌有，颇具浪漫主义色彩。

诗人高璨的作品中也有很多镜子，镜子里也有很多的秘密。不同的是，高璨镜子里的秘密只关乎镜子和秘密自身，人和物只是验证镜子与秘密的另一面"镜子"和"秘密"。高璨的镜子，没有挑战，理性而平静；它不侧重于再现的揭示，有的只是与秘密相互依存、相互选择的接纳与尊崇。这种奇特的镜子与秘密的文学创作，是诗人关于镜子的哲思，当这种哲思被用于不同的话题时，她独特的思想体系也因此而诞生。

14岁时诗人写道：

没有人爱镜子/所有人都爱自己/也没有人会像纳西索斯/因贪恋自己的美貌落入小河/陷入镜子的心里//……

镜子内心惆怅/却依然情不自禁地爱上/每一个路过的人
——《镜子》

后来，她在《镜子》一文中写道：

> 我们在自己构造出的镜子里信仰宗教。……每个人看到的世界都和别人不同，相同的自然，我们都活在自己小心翼翼的镜子反光里，人生来孤独，活在镜子里，却不能像镜子一样彼此间一眼看穿。

她在《酒说》一文中说：

> 你发现了很多镜子，在树上，在草上，在溪流边上，每个镜子都清楚地呢喃"我看见你了"，每个镜子里，都是你，各个角度的你，各个方位的你。
>
> 你很少与自己相认。你将自己分散成天上的星星那样多，你只取其中一颗，一起生活。

且看高频词第三组：破碎与缝合。

中国哲学里，有"合久必分，分久必合"，也有"不破不立"。破与立是一种决然对立的姿态，硬生生地梗着自己的脖子，人们也习惯把这种对立视为看待事情、解决问题的方式，这与西方哲学里"旧事物灭亡，新事物产生"不谋而合，本身就是对的。浩渺宇宙，渺渺无极，谁也不能阻挡人类思想进步的历程；除了自身，也没有力量能够囚禁人类自由飞翔的心灵，破与立也是。

自认为，科学与文学是人类思想的左膀右臂，文学创作思想，科学解释思想。人类发展的漫长历史中，有多少知名与无名的文学与科学先辈们，创造了人类社会一个个不可思议。佛说：一花一世界，一叶一菩提。每一个人和物，都是一个宇宙，一粒尘埃能隐匿地球的地理史与进化史。显然，在人类现有认识的三维世界里，有太多遮蔽人类思想的东西，破很重要。

高璨的"破"，是她自己发掘出来的。写下面这些诗时，少时的诗人并没有经验中的"破"与"立"的概念，只凭着天生的灵性感知，在不被人刻意留心的细微处，以发现美的眼光审视并加以思索，写出了包含她所独有的破碎与缝合思想的诗作。

10岁所作《雨停后》中写：

> 窗外摇曳的满树叶子/把月光撕碎了/叶片上的几粒水珠/把撕碎的月光/还给了月亮//雨停了，夜里/从门缝挤出去的灯光/把一路上的积水/连成一条银河

视觉入微，比喻精妙。每一粒水珠上的月亮，积水上粼粼的碎光连成的银河，这"破"与"合"在静谧的月夜下，温情而祥和。诗人情感细腻，诗意美感十足，画诗顿生。

11岁所作《大地系上金色纽扣》写：

金色的野菊花/沿着小路/弯弯曲曲/像给大地这件衣服/缝上一绺纽扣//天空这张大口噙着白云/它们没有牙/只能含在嘴里慢慢嚼/云朵就这样嚼碎/随风飘下/冬天飘下的，是雪//大地睡了，金色的纽扣/被系上，大衣里/孕育着下一个稚嫩的春天

诸如还有11岁所作《风吹了一个秋天》中写：

云被吹碎了/一片片飘下/在落雪的地方/冬天长了出来

14岁所作《秋天的格调》中写：

一群鸽子飞过头顶/我听见天空被揉碎的声音

更有后来被用于诗集名的"白驹过隙，人生的缝合者"。——罗列这些诗句，是因为这里有破碎与缝合，这是二者成为诗人文学创作思想体系一部分的证明。这些诗，都写于诗人高璨少时，在诗人后来的创作中，这已然成了她思想体系中的重要组成部分。《何所冬暖　何所夏寒　念屈原》（组诗）其三《问》写道：

你打碎了自己的出生地/然后你要去哪里/天问是否泄露了天机/是否泄露了你的宿命

"破"当然也很难。

中国佛教中"禅"的某种意义在于，它能突破人们用眼睛认识事物的局限，进而产生开悟修心的意义。成年后的诗人曾在《眼睛》一文中引用宋代白云禅师的一首诗：蝇爱寻光纸上钻，不能透处几多难。忽然撞着来时路，始觉平生被眼瞒。

如果说，少时破碎与缝合的诗，是天才诗人神来之笔，是她这种思想的萌芽，那么，成年后这篇《眼睛》中的哲思，则是她在人生旅途中，思想的藤蔓上开出花朵：雾里山，雨里河，风里花，忆里人。这些她眼睛的"破"，为她发现秘密起催化作用。

高璨是精神自由的勇士，她能勇敢地"破"，但是，她却从不是一个勇敢的"立"者。她的勇敢，建立在接纳一切、承认其他的基础上，只是"你将自己分散成天上的星星那样多，你只取其中一颗，一起生活"（《酒说》）的缝合思想，这是融合接轨的缝合，真乃诗人的一种创举。打破旧的，创立新的，符合事物发展的客观规律，是自然而然的事，是无可争辩的事实。诗人高璨以独创的缝合为自己建构与世界遇见的思想基石，这是一种接纳人性的坦然和包容，也是听从内心召唤的倔强与自我。为年轻的诗人点赞。

梦与谜，镜子与秘密，破碎与缝合，诗人高璨于这三组高频词中蕴藏的思想是贯穿其文学作品的一条清晰脉络。甚至于，这三组词之间也可以任意组合，组合后的新型词组，依然可以用来解读其文学作品的思想主张与精神要义。如果真如我所说，那么，这将是解读高璨的密码之一。

月桂叶下的诗

高璨诗集出了不少,抛开其精彩诗篇,还有一个令人不得不提的精彩,那就是她这些集子的名称,譬如:《梦跟颜色一样轻》《语言,众人的密谋》《守其雌》《白驹过隙,人生的缝合者》《诗经未说完的秘密》等等。作品集中了作者的思想要义,其命名能体现作者的才情。高璨的诗集名很是抓人眼球,令人眼前一亮,遐思顿生。它们有如香饵,惹得人急欲翻开书页,一解其疑,一寻其意。当一篇篇次第呈现的诗歌,将诗人的精神格局、思想主张、生命认知等闲淡淡、轻漫漫道来之时,高度凝练并能代表诗人精神要义的诗集名便令人豁然开朗,击节称赞。

希腊神话中,太阳神阿波罗对变身月桂树的河神女儿达芙妮发誓说:"你将终年常青,成为胜利者的荣冠。"此后,他便以月桂枝做成的花冠赐予出色的诗人。在高璨的诗里,每首诗都是诗自己,它出色地述说着自己的故事。不论是花鸟虫鱼,还是风花雪月、风物见闻,它们在高璨的笔下呢喃耳语,随性闲适地存在着,不争不急,坦然地理直气壮、理所当然。诗人听见了,便写出了冠于封面的诗集名,这是诗人高璨给所有诗句的一次加冕。

这些不落俗套不逐潮流的诗集名，以一种浓郁的文学气息，高雅含蓄地吐露心曲，却也时尚而不张扬，将人们带进诗人所欲寻求的精神世界里，十分值得回味。就让我对以上几本诗集名称试加赏析，以圆满我之所思于高璨诗文的飨读。

《梦跟颜色一样轻》，诗集名本身就是一句诗，以如此诗句为名，诗情浓郁，文艺气息十足，画意陡生。写这本诗集时，高璨还是小小少女，有如一朵初春的小花，清新淡雅，纤纤倩立。这样的诗集名，宛若二月时一树临堤的柳烟，如梦似幻，似雾如烟，似一首小诗清丽出尘。新发的柳条刚刚在蓝天上洇出了绿色的水印，那柳烟如梦朦胧，轻似云烟缭绕，当梦和颜色一样轻时，初春的新绿是心头一抹温婉情怀。这样的书名，这样的诗人，这样的情怀，都像是春天般，处处都是诗。在这诗情画意的诗集里，包裹的是诗人高璨美好的童年生活。

通常情况下，梦是黑白的，然而，人们总爱说"七彩的梦"。那是回忆者的主观意识给梦渲染了颜色的涂层，就像人类的童年，纯净、美好、轻松永远是记忆里童年的颜色。这颜色很轻，这梦很美，美得像一首诗，这首诗是童年独有的颜色。

诗人高璨以自己独有的灵性感悟体验着童年，以敏锐的目光搜集着童年，值得嘉许的是，也以细腻的笔触记录着童年。童年如诗如梦，这里有孩子的顽皮可爱、单纯质朴，这里也有专属于孩子的自由自在、天马行空，更有只属于诗人的超越年龄与时代的诗性、灵性与才情。

《梦跟颜色一样轻》是诗人的童年，也是所有人的童年。正像它的名字一样，在这本诗集里，诗人高璨把人们想说却没有说出，想写却难以道尽的童年率真而恣肆地写了出来、喊了出来。童年般美好的回忆在人们心头复苏，它将永驻心间，弥久不散，温暖每一个热爱生活、享受生命、心中有爱的人。

二月朦胧的柳烟湿润了眼眸，也滋润了心田，当梦和颜色一样轻时，相信每一个人都会给生活一个深情的拥抱。

《白驹过隙，人生的缝合者》，诗集名出自《味道 风餐露宿的旅人》一诗，其最后一段这样写：

冬天的海/咸腥的鱼和海带/海水拿来拿去/沙子始终不会变薄/它的味道/翻过日出那面 闻到月光//味道/风餐露宿的旅人/每一驾小马车/白驹过隙/我这一生的缝合者

这样的诗集名，像是一个冷静的哲人，眸子里闪烁着深秋湖水般深邃的光芒，潇洒地散步在秋日金色的白桦林间。立时，浮现在人们脑际的不外乎时光、生命、缝合这三个关键词。时光、生命是名词，缝合是动词。时光是岁月，是年华；"万物各得其所，生命寿长"是上天赋予生物的活力，唯有人类更能领悟并释放其意义，生的价值都是人自己造就的；缝合是物质间的接连与结合。然而，诗人却用物质间的缝合去阐释非物质的人生与岁月的关系，这种鲜见的诗意手法，将诗人对生命认知的思想呈现了出来。

冬天的海依然是海，是将要过去的海，也将是下一个春天的海。生命的潮起潮落、起起伏伏间全是生活，纵偶有"咸腥"的琐事令人有所不适，生命的存在仍是最大的福祉。不紧不慢间，终会被时光载着，那些许的不适在不经意间已不知所踪，云淡风轻的岁月周而复始，是大部分的生活。没有谁能替谁活着，所经历的一切都是唯一、最初和最终体验。在漫长的生之旅途中，每一个人都是风餐露宿的旅人，希冀、惊喜和意料之外并存。岁月悠悠，时光所要带给生命的所有，全部将毫无保留，生之"味道"，在悲欣交集的缝隙里被时光缝合，恰是平淡无奇赐予人生最大的圆满。

诗人高璨用《白驹过隙，人生的缝合者》来给自己的诗集命名，是诗人成长过程中的生命体验，也是一种宣示。在赞许其名的同时，有所感：其一，诗人之睿智与豁达、精神世界之自由、对生命认识之境界；其二，诗人性情之从容平和，处世之坦然淡泊；其三，诗情之饱满，诗意之鲜明，内涵之深厚，风格之独特。一句"白驹过隙，人生的缝合者"将诗人诗情、性情、才情表达得痛快淋漓。

时光荏苒，白云苍狗，那些人生沧桑、世事无常的生之滋味，一直被人们以一副淡泊出世的姿态来解释的，常得一声开悟的喟叹，也生些许无奈。在这里，新时代诗人高璨，给了苍凉岁月一种全新的释意，一种坦然面对岁月、面对生命、面对生活的态度，也给了每位读者属于自己的独特"味道"。

《守其雌》有一个书卷味十分浓厚、文学底蕴立现的诗集名，诗人高璨定是读过老子的。老子《道德经》曰："知其雄，守其雌，为天下溪。为天下溪，常德不离，复归于婴儿。"知与守的相辅相成，是老子抱朴守拙的处世之道；上善若水，在没有对立的取舍中像婴儿般的逍遥无极；一切自有理由、一切顺其自然的哲学观点，是这个世界和谐共生、长久共存的天下大道。

在《消化一切》这篇文章中，高璨曾说：

> 我们读书，这书中的思想就走到我们脑子里，你让他们都住下了，那么你的脑子就成了社会；你挽留了一部分精华的基因，让另一部分成为过客，才是贵族的开端。

年轻的诗人高璨，在涉猎中外哲学家、思想家的著作时，颇具鲁迅的"拿来主义"风范。她并不像大多年轻人容易在思想上受到影响和塑造那样，囿于已有境地之中，而是成了自己思想的主人。她在老子、孔子、尼采等人的思想世界里旅行，最为可贵的是她能够在"进"里寻得"出"，在"知"中明白"守"，就像诗人在《枷锁》一文中所说：

> 上千年的知识与记忆是不会自己开出花来的，它们都需经过现代人的咀嚼消化，融进带有生命力的血液，重新绽放。

诗人高璨在知守间，会进能出，思想的所得，都源自婴儿般的感知，就像她自己说的一样，这才是贵族的开端。这句话，可以说是一种来自朝气蓬勃青年的自信，我也认为，这也是一种对于知识的敬畏与尊重，对事物的接纳与宽容，对生命的热爱与慈善。毕竟，正如没有谁能替谁活，所谓的知识与大道阐释的都是自己的观点。如此，诗人高璨在"知"与"守"间，有着自己对世界的看法。如同我在前文《诗人与世界的遇见》中述及诗人与先哲圣贤的遇见时所说，高璨正是秉持着这样一种"知"与"守"，得到了自己的"进"与"出"。

老子的世界里，万物生长，自有其道。那么，人活在这个世界上，就都有自己的理由，所言所行，不过都是自己活着的解释。在这里，"守其雌"这一诗集命名，正是诗人高璨治学、为文、修身的初心，也是她欲达到的一种思想境界，更是她为诗为文所要解释自己世界的理由。

诗人虽然年轻，但诗文才情兼并，她从《守其雌》的基石上跃身而起。对于古今中外的思想家、哲学家的观点，她在《非常道》中说：

> 我的双眼，虽然你隔在我和每个外部事物之间，
> 但我从不质疑你的反馈，我爱你，就像我对时间的藤
> 蔓上那些低垂或高耸的另一扇关于深度的门的热爱。
> 也是我对道的爱。

"守其雌"是一种境界，是一种胸怀，也是诗人对待事物的柔顺、平和与善良之心，这样一种兼济万物、和谐共生的位

格,正是诗人之所求,也是诗人之所愿。

《语言,众人的密谋》不是诗集,是一本读书札记集子。这一书名,着实令人惊艳。确切地说,是先惊异,而后艳羡。有关密谋,终归有一种不见天日地谋划、秘密地计划之意,似乎还藏有一丝惊恐的意味。语言对于人类而言,再稀松平常不过,比起交流沟通,人们更看重的是闭嘴。那么,张开嘴说出的语言,就有了意思!

其实,暗地里人类自诩是地球的上帝,然而地球时常发怒。高璨在其中一篇名为《语言》的短文中说:

> 语言产生后,第二个、第三个世界开始在概念中生成了。世界的样子,变成了我们定义的样子。

人们定义世界,其实世界一直是它自己。如此,一个可笑的事实是,语言,只是造就了人类想象中的世界,正如高璨所写:

> 世界在发展中保持自有的完善状态,而理论和概念中却漏洞百出,并且时常被时光抛在身后。
> ——《语言》

语言,成了人们真实的谎言,只为自己服务,却常被受奴役的地球抛弃,在不得不更新中自圆其说。

"语言,众人的密谋",在高璨惊世骇俗的洞悉中,语言成了昭然若揭的欺骗者，却也成就了高璨自己认识世界、构建思想、阐释生命、宣泄情感、宣扬治学观点的基石。"缝合"是诗人的一个创举；"语言是众人的密谋"，是诗人的又一个创举。

张开嘴说话，真的很有意思。

毛遂的自荐、张仪的纵横，摇唇鼓舌跑出的话里都有着自己的密谋；焚书坑儒烧的哪里是书，文字狱何以干着文字的错？那分明是拔下舌头，让那三寸最好烂在嘴里。张的是嘴，闭的也是嘴，一张一闭都因为语言有着密谋的属性。"语言是众人的密谋"，这是诗人高璨所提观点中深具代表性的一种。高璨对其有着深刻的阐释，《语言是众人的密谋》一文中有这样一段话：

> 语言是众人的一次商议，是全部人群的共同秘密。拿汉语举例，它就是中华民族的一个秘密，一个源自历史并且慢慢发展的决定。将各国语言汇总就呈现出人类秘密商议的蓝图。通过语言我们得以交流，交流这些我们之间的事，尤其是当事情与双方都有关时，语言显得格外实用。
>
> 然而既然语言是众人的密谋，那么当有什么事情发生，并且不属于众人，语言就显得脆弱。

持此观点的高璨以其为自己的集子冠名，并在开篇《巧言令色》中说：

难道语言不该被谴责吗？它为造假提供了条件，比世上所有针线都要紧实，使天衣无缝。

于是乎，具有挑战精神的高璨，在读孔子、尼采时，她既有新的诠释，也有勇敢的谴责，既有诘问，又有首肯。在《侍于君子》中，高璨这样说：

> 才发觉孔子没有说过什么大道，他只是有时站在川上。大多时候，他都站在书桌旁，站在交谈者的茶杯里，站在父母的眉眼里……

顿然间，一个喋喋不休、诙谐风趣的老夫子从厚得要命的故纸堆里解脱了，一个温润如玉的书生满身烟火气息的模样真切可人，没有了距离。这样诠释孔子的高璨，穿过孔子语言的背面，难道不也泄露了自己语言的秘密吗？似此，我们也就能从高璨的语言中，看见她书卷茶香的生活、温和从容的光阴……

《生而知之者》中写道：

> 每个哲学家都有一座自己的城，他们在创造世界。就像语言的作用是制造了一个世界，放在原先世界的边上，使用该语言者便进入此世界生活。

此处提及的四篇文章的相关言论，是对《语言，众人的密谋》书名的解释，它不仅给读者带来一种全新的视角，也为读者打开了一个全新的世界。同时，这些不正是高璨建构自己世界的理论依据吗？当然，这样作为理论依据用以解读的文章在该集子中还有很多很多，不能一一道尽，只得择其一二，聊以管中窥豹。

如果说，《守其雌》是高璨的精神要义，那么《语言，众人的密谋》便是高璨的理论依据；如果说《白驹过隙，人生的缝合者》是高璨的生活态度，那么《诗经未说完的秘密》就是高璨通过自己的努力，为自己也为读者打开的另一扇解读世界的门。既是诗人洞悉了语言是众人的密谋，理所当然，这本被高璨命名为《诗经未说完的秘密》的诗集，便包含了诗人凭借灵性感悟所听到、看到、感知到的很多秘密，并且，这些秘密来自"诗经"之外，是属于诗人自己的秘密。

在这本诗集的《魔术》一诗中有这样一段：

女子在河边绾好长发/裤脚/河约会那中央的苇草/诗经说完了秘密/荇菜水中游/心上人就只在心上走

依稀间，仿佛看见了白衣长裙的女子——诗人高璨，她轻提裤脚，于清清江水中约会苇草，江水清，苇草黄，可能还有风吹、鸟鸣、鱼吟、虫唱，可能还有江底泥土的呢喃、天上云朵的喘息、枝头果子的甜笑，可能还有……

不经意间，"诗经"那扇封锁秘密的大门被诗人高璨轻轻推开了，就像那扇著名的凯尔卡门令人惊叹地成了改写历史轨

道的闸门。诗人高璨用自己的诗,用更多的诗,用各种各样的诗,写着"诗经未说完的秘密":

> 斑竹的斑到底和湘夫人的泪有何关/无非是出世时没忘了前世的人/前生的事/可又记不清/那人到底长什么样子/那事因果云云/只留了风的甬道/风闭着眼都能躲开城堡的尖/有天这城堡若殁了/那里也没有风　也没有云/钟声的轮廓　就是一口钟

《诗经》应该是中国诗歌最早的代表符号,《诗经未说完的秘密》展示了诗人高璨的独具匠心,她用自己的灵性写着属于自己的诗,这些诗,都写在"诗经"之外。似此,冠以《诗经未说完的秘密》之名,正是诗人文学创作的魅力所在,也是诗人具有鲜明诗歌风格、精神要义、思想主张的文学作品的价值所在!

在诗文集名的赏析中,诗人高璨及其文学作品的骨架似乎浮现出来。值得回味的是,不论是诗人高璨,还是诗人之外,"诗经"之外的诗还有很多很多……

徘徊于生活门之外

不论宇宙星空的活法，还是柴米油盐的活法，没有谁能指摘谁；不论是霍金唯一能动的手指，还是拾荒者布满污垢的双手，没有谁的活着不是传奇；生活有一扇门，门里的柴米油盐酱醋茶，门外的琴棋书画诗酒花，门里的生活，门外的生涯。

高璨是诗人，少年成名，目前也还是学子，她一直活在十指纤纤不沾阳春水，谈笑有鸿儒，往来无白丁的状态。就像她曾说的那样，每个人都在自己的镜子里构建宗教，是的，人们受限于自己的眼睛，都在自己的镜子里构建生活。高璨诗文作品也来源于自己镜子的构建，这是一个治学、为文的精神世界，是一座诗的花园。在这里，远离凡尘烟火气的诗人，沉湎于花园的景致，在精神的世界里穿梭跳跃，诗在她的笔下出将入相，她在诗的王国"指鹿为马"，何其潇洒！

佛说"三千大千世界"，谁又能说谁是标准的唯一。生活门里，诸多鸡毛蒜皮的事；生活门外，有人追求着精神世界的无涯。有人说，脱离生活的文学作品像是没有根的树，经不起考验。然而，这个精灵一样的年轻诗人，徘徊于生活门之外，门里的烟火气，诗人给了它们生活的留白，人们视若无睹又毫无生气的物件，诗人给了它们倾诉的机会。

在《静物》（组诗）中，不论是桌椅墙窗天花板，还是案板插座烧水壶，屋内十七件呆滞的静物随着"扑哧哧"一阵翅膀振动的声响，上演了与精灵的一番对话。

一辈子最久的天空//星星和云进不来/沙尘和雨也不能//夜里看着你/做奇形怪状的梦/不引导　也不阻拦

——《天花板》

一种新的引力形式/沙发　电视　靠墙/灶台　桌椅靠墙/东西似乎以墙壁为土壤生长/居住越久　生长越多　生长越长

——《墙》

最客观的双眼//走廊/风　雨　阳光　星光//花开花落/透过窗子不伤心/透过眼睛却不一定

——《窗》

床知道/偷偷的眼泪和微笑/梦中出现的人/也可能是阔别重逢

——《床》

用一只挂钩爱这个世界/剩下的身体全部放空//……家具不是道具/在人类的演出中/过着自己的

日子

——《衣架》

一位禅学者/一丝不苟描摹的/都是眼前/不会想昨日的风/也不想来日的雨

——《镜子》

磨刀霍霍/我不躲避/只要是盛宴//……我并不是一个年轻的案板/尝过的美食/都以皮肤挫折为作料//离近我听/那不是战车隆隆/那是岁月/是生活

——《案板》

说是用来保鲜/却最多目睹食物腐败//……食物的进入　再走出/还是食物/食物对于人而言　不是这样/人对于社会而言　不是这样/社会对于岁月而言　也不是这样……//可惜它一直在/迎来又送往/饭菜的寿命很短/短暂的事物　它说/应该被更加珍惜

——《冰箱》

十七首静物组诗，不能一一罗列，只能每首择录。且听听看，这些静物说了些什么。一个象牙塔里的诗人，一个远离生活琐事的诗人，一个沉湎于诗的花园的诗人，薄物细故在她的笔下风生水起，哲思、禅意、人性与生活、爱与思念……是否又荡起思绪几许？

诗人这种无一不能入诗,无诗不有哲思的机敏,纵是风花雪月,也无诗不关乎生命、人性、社会等的思索与探寻,体现在太多太多的诗中:

> 梦想本是/胸脯雪白的鸽子/在我怀/双臂愿为风与流云
>
> ——《杂乱之章》

梦想与鸽子双翅之间的意寓,让诗人追梦的搏击、美好的人生祈愿,都随着一羽白鸽飞翔于蓝天那灵动的双翅扑闪而出。人与物、静与动、声音与色彩、人生与社会、心愿与奋斗倏地从简单的诗句中溢了出来。

> 收藏品 供奉品 拍卖品/人类自诩的价值/跟随年岁的珍贵/人类自诩的光阴/都是老聃屋檐/一撮/炊烟浅浅
>
> ——《本无人》

人为赋予价值的各种物品好似有着比肩历史的重量,不过在逍遥无为的老子那里,一切身外之物,都不过云烟轻浅。寥寥几笔,在物品与老子的关联中,诗人对人性、生命、社会、价值观的思考与评判轻松浮现。

这两首诗都是从诗人的诗集中信手拈来的,如此,突然有了一种感觉,写高璨太容易,因为她风格鲜明,素材丰富,能写的方面太多，可随意"就诗"取材。这些诗文作品，好似满篇的风轻云静，读来又是满纸的风起云涌。追问与思考，常于读罢回味良久，这无疑是诗人一种鲜明的写作风格。其诗作涉及的学科范围广博，不受限于时代、地域，其中很多作品，不受限于社会制度、语言、宗教、种族，她这些关乎人性与生命价值的诗作，应该经得起岁月的消磨。这样的诗人，是经得起时光考验的诗人。

有人说，文学创作者没有生活的积累与人生阅历的沉淀，没有经历过磨难很难创作出好的作品。然而，磨难自有其成就，不只能激发出文学创作的灵感，婆娑世界，磨难也给了一切热爱生命、珍惜生命的人灵感，磨难成就的只是意愿本身，而绝非人。如此，意愿才是成就一切的根源。高璨在《写作的喜悦》中写道：

> 我以为/是河在走它的水/麦儿在颂它的穗/是为喜悦/无苦难希望因我而生//当我死了/一万年/诗里的马/还在吃草/还在那儿跑/……我的肉体/亦承蒙荫庇/得以发生写作/得以停止写作//把遗憾也唤作缘

对诗歌真心的热爱，因诗歌而喜悦，这是成就诗人的原因。这样的诗人，自然会用诗性的眼睛去观察，用诗性的思维去思考，用诗性的心灵去对话，所作的诗，当然是好诗，是触动心灵和丰富精神需求的诗。

诗歌丰富的想象力所营造的诗意享受是诗歌独有的艺术

魅力，高璨在《神性·主观》一文中说："想象力为世界的骨架增添血肉及淡妆浓抹，没有什么事情比这更好了。"高璨的诗，以灵性见长，思维多变，想象力极为丰富，从她少时的惊人诗作中即可领略。这样一个沉湎于诗的花园、徘徊于生活门之外的诗人，以饱满的诗情拥抱着一切，用自己的诗记录着一个诗人的生涯。

所有人，都是第一次活着，没有谁能给谁以复制的生活。除却道德及其衍生的社会规范与普世哲学，经验不只囿于时代，也只对症于自己。一味按照经验生活，岂能让自己快乐？太多的经验者，在别人的体验里困惑，喋喋不休地解释自己活着的理由，郁结不能幸免，南墙也只能死磕，谓之"执着"的话，实则是懊悔的遮羞布。这方面，高璨是快乐的，她的快乐来自独自思索后发出的心灵呼喊，这是一种区别于经验又先于经验的心灵回声，是一个人具有独立思想的生命价值，属于先验者。这种先验精神，在某种程度上是生命价值的一种升华。

高璨是个先验者。她有先验者敏锐的嗅觉，在《艺术如是说·留白的重要性》中，她说："浮雕总有一部分还在石头里，并且感觉石头中蕴含着更多的一部分；名画总有一部分在阴影里，并且感觉阴影里隐藏了更多的玄机。"

在十几年的诗人生涯中，她总有一种先于年龄体验的先觉感悟，诗文常于涉及或未曾涉及的领域里发出超越年龄的哲思与见地。令人惊讶的思想之作不时闪烁，一直以来，为人们所惊叹。不论是《镜子和狗》中的大孤独，还是《老钟表》中对时间与生命的深刻哲思，不论是对孔夫子的新解，还是对既定事物的"谴责"与诘问，不论是对西藏发出石破天惊的"无法抵达"，还是对镜子与秘密、破碎与缝合的各种独立思考……诗人高璨不仅能以学为文，又能以思为文，更能以思为学，这一切得益于她的善于观察、勤于思索、勇于探索，这是一种典型的先验者行为。

后来，高璨在《巧言令色·一句名言》中说：

> 知识与创造力的关系也是如此，我爸爸说过一句话让我感触颇多，叫作"去认识一个事物，但不要完全了解时，给予你最多的遐想和创造力"，可简化为"浅尝辄止最撩人"。

是的，"浅尝辄止最撩人"，没有经验桎梏，给人以遐想无垠的留白空间，岂不快哉？一如天地初生时的自由，一如老子超然物外的逍遥，似齐天大圣那般，一个筋斗十万八千里的豪放不羁，高璨这种先验者精神，给了她审视生活的布道者姿态。

对于繁杂琐碎的日常生活，她同样充满了好奇，每每以一种审视的目光去体悟生活赋予生命的意义。她对于自己未曾亲验的生活，生出了灵性的思索与评判，发出机敏而圆润的声音，像一个布道者一样，她从自己的"镜子"中构建的生活哲学，竟似对生活施以了感情的抚慰和思想的调节。

对于未经历的生活阶段，诗人即以旁观者的姿态做出自己的评判，在即兴诗作《绒婚》一诗中，诗人写道：

世界上最好的褒义词/和/世界上最差的贬义词/在同一个人身上闪烁/这人，才叫爱人

　　尽善尽美的爱在新约里/一纸薄言/真实的爱在生活里/五味杂陈/解其味者就不会酩酊大醉

　　嬉笑怒骂/然后收起/房间里晾晒的/衣架
　　无尽的日子沧海一粟/两个人爱着/是宇宙

　　这个站在生活的柴米油盐之外的诗人，虽太过年轻，却能从父辈真实的生活中，看到不被琐碎庸常、冗长单调的婚姻击溃的，是两颗相爱的心撑起的宇宙。同样令人宽慰与感动的是，她为众多在婚姻围城中的人们，找到了心灵的出口、爱的理由。在这首诗中，她以一种平和通透的心境拨动了思维的齿轮，不想再执拗却无法突破的尴尬被轻轻一点，似结冰的河水随着春风化作爱的涓涓溪流。

　　诗人高璨给人的感动还有许多，她通过接触日常琐事萌发的灵性之作，总是隐含着深沉的爱意与善良，且饱含仁慈与悲悯的怜惜。

　　蔬菜 瓜果 五谷/鸡鸭鱼/食物 和/食物的食物//一张皱巴的钞票/舒展不开/植物生长的/日月雨露/鱼游的水/禽鸟的喉/皆弃之身后/换取一提/僵直尸首 及/夹带血鳞羽毛之零钱//……一遍遍长高/妈妈是一条水平

线/我是生长//消费鸡鸭果蔬的我们/也被光阴消费/食物的食物/和 食物

——《食物》

父母养育子女不求回报的辛劳，生活在平庸表象下对爱的呵护；生命不易的珍惜与感恩，岁月的无情与悲悯……诗人的目光从一张皱巴的钞票延伸开，从动植物生长的不易，到人类生命的不易、生活的不易，她的感恩与悲悯之情，从人们视若无睹的日常琐事中机敏且自然地流露出来。

> 一只将近二十五斤的西瓜/诞生和其他西瓜一样/是西瓜花羞涩的事/成长是一件辛苦的事/被采摘是一瞬间的事/被运输是一件会晕车的事/……我即将成为吃瓜的人我感到愧疚/除了甜 我很少能尝出/三个月的雨水/绿叶遮住的云遮住的光的舞/蟋蟀喋喋不休的歌子/瓜农踱来踱去的步子/人说 植物都清冷地长成/作为一只 将近二十五斤的西瓜/我多想尝出它的骄傲/可是我杀了它/作为夏日最初的盛宴最后的挽歌

——《西瓜》

同样，在这首诗里，诗人通过人们吃西瓜只关注到滋味与天气这件小事，想到了瓜农的辛劳、生长的挣扎、生存的艰辛，有一种《悯农》中"谁知盘中餐，粒粒皆辛苦"的意味。生长于城市文明中的现代人，一个年轻的女孩子，虽没有体验过农业种植生活，却能以对生活的留心观察，体悟西瓜的生长、瓜农的劳作以及来之不易的生活，将自己的愧疚之情，升华为对生活的敬意与歌颂。

诸如这类寻常到令人麻木的生活琐事，诗人以仁慈与悲悯之心，对之报以感恩与珍惜，并唤醒沉醉于静好岁月中的人们，对生活应馈之以深情回报。她像站在生活门外向人们布道一般，这种警醒似的召唤，让我想到了《圣经》中的感恩，想到了佛道教义中的敬畏，以及人类所有倡导仁善的思想。

这个刚届青春妙龄的诗人，对爱的憧憬与张望，让她为爱情撰写自己的定义：

人类情感/皆是/岁月牙祭/我点红烛为你助兴/爱或恨都好下酒

——《无关》

荒芜又无涯的岁月中，人类的情感是忽明或灭的灯盏，每一缕温情的跳动，都是构筑人之生涯的温暖记忆。面对人类的情感世界，诗人以一种率真爽朗、潇洒豁达的气度点燃一支情感的红烛——或是她最深沉的情，或是她最真挚的诗，让所有的爱恨都与岁月干杯!

冬天相爱的人/小寒相看两不厌/大寒相看两不厌/节气生得比诗词浪漫//而等雪的人儿/小雪也无

雪/大雪也无雪

——《北方的冬干燥且冷》

有多少爱情便有多少浪漫,这世上谁不为爱而心动?高璨的这首诗,含蓄又浪漫至极,情深而真挚至极,让人在严寒清冷的冬天感受到火热浓烈的爱情。这首诗里,沉浸于爱情的人儿,在等待中享受爱情的甜蜜,又因真诚地爱着,等待相见的日子里,无雪本无雪,有雪也无雪。因为满眼的爱,无关风月,只有相看两不厌。

这些徘徊在生活门之外,写于生活边上的诗,情意深沉,柔软善良,温润似水,无一不是有生活气息、有生命温度、有浓郁情感、有文学价值的好诗。

一根敏感的神经

高璨的诗无疑是出色的,但她的出色在于不动声色。

什么是好诗?我问自己,虽然我不太懂,但我读后,眼亮了,心动了,有时鼻子酸了,有时嘴巴抿紧了,又有时,我笑了,吸了口气,拍了一下手……高璨的诗,给了我这个读者太多的声色。这是诗人的成功。她的诗不动声色,读的人却触心动怀,有声有色。

高璨的诗,不论是少时还是现今所作,也不论是何种题材,诗里似乎总有一根牵动人的神经存在。这根神经总是平静地、不经意地将人的某种情绪突然拨了一下,随即,人的情感被调动起来,思绪瞬间进入一个思绪万千、浮想联翩的境地。想象力是诗歌创作的重要因素,如果诗歌自身想象力丰富,同时又能将读者引入一个想象力丰富多彩的空间,那么,这样的诗,一定是好诗。

读高璨的诗,我有一种强烈的感受,她的诗,没有强烈的性别色彩,没有明显的情绪起伏,没有激越高亢的语调,也没有郁闷阴沉的心绪。她的诗,很少有性别所带来的显著风格,那温润如玉、和缓闲逸、精致清雅的诗意,读来有如春日里的微风、夏梦中的荷塘、秋日里的夜下独酌、冬日暖炉旁的闲叙，总之，在她温和从容、静水深流的诗风之下，是难以释怀的触动，是情感世界的风起云涌。

11岁时诗人所写的《飘过童年的云》中有这样一段：

> 我是一棵长满枝丫的小树/其中的一枝上/坐着我的童年//……童年，就在捕捉一朵/飘过树丫的云时/无声跌落/离开，就再也没有回来

人们总爱将自身成长比同于树的成长，但"其中的一枝上/坐着我的童年"这样的比喻，前所未有，生动、诙谐、充满童真又意趣横生。谁没有童年，谁没有对童年的缅怀？诗人奇特而新鲜的想象力令人耳目一新。读着这首小诗，人们的心刚刚坐在童年的小树上，自由自在地捕捉属于童年那无忧无虑的云朵，突然一句"无声跌落"，惹出了多少幽幽的失落与感伤。快乐瞬间变成伤感，人的情绪在"无声跌落"中大起大落，受到钝挫的折磨。

14岁时诗人所写的《静止》说：

> 一些鱼静止在水里/像色彩静止在画里/落叶，静止在风的忽略中/想起鸟儿的小脚印，被雪的宁静记住了//……我看见的鱼，突然一摆尾/突然感觉屋外原本静止的梧桐树/也一两片地落叶了//突然想起这个静止的冬/在极度的宁静中，也快落尽了/像雪总是在宁静中融尽//我听见/那些静止的日子，一只只开

始动了

寒冬的静穆之美，以聆听春芽抽出枝丫的音色为最。这首平常的小诗里，有着一种灵动的大静之美：即将来临的春天，在静寂中蠢蠢欲动，一切都将从肃穆沉静的冬天走出，在春天里焕发生机。诗人以白描画笔般的静谧，表达着静而不静、静中有动、静则大动的画意美，撩拨着只有春风能萌动的神经。金鱼倏地一个摆尾，"扑簌簌"一两声，窗外梧桐树上最后的一两片枯叶在诗人的心头飘落，冬天走到尽头，春天在一片沉寂中"一只只开始动"。诗人异常明锐的灵性，有若一根敏感的神经，接收着大地上发出的轻微声响。读着这样的诗，仿佛聆听到了自己心房里花开的声音。

21岁时诗人所作《眼睛是不会说谎的》说：

你把夏天的风带走了/秋天的风就来了/冬天的风就来了/春天的风就来了/夏天的风就来了/你没有一起回来

这首诗不可谓不清淡，在这极为清简的文字下，却是诗意浓郁，诗情深沉，将一个陷入恋情的人那无边的思念和失落表现得的淋漓尽致，余味悠长。这是多么深沉的爱呢，如此触动心怀。

《恋人》一诗说：

世上恋人/都像复写纸生活/为高高山岗上/两个名字比邻而居/不一样的生卒日期/谁会在原地/等待呢//为一束花献给两个人/一场雨/落在同一个石碑上/之前在屋檐下/吵过许多架/愿你忘记/这地下寂静得漫长

寥寥数行的诗，清简平淡的词，一边是墓园无边的静寂与沉默，一边是人间深情又热烈的爱。这首诗，像是人类的自我救赎。凡尘俗世的男女，轰轰烈烈的爱情无非人类最常见的从生到死。诗人善用妙喻，总是奇绝而新颖。"复写纸"一样的生活，凡若草芥的人生，这无疑是对所有执念于爱者神经的一种挑衅。在不得不承认的理性里，也找到了自我救赎的浪漫，不过是生不同时死同穴的心理圆满：同一束花，同一方石碑，从生到死，在地下寂静漫长，脆弱的神经有了承诺的兑现、爱的抚慰、灵魂的满足。

生与死，爱与怨，承诺与结局，这首诗里，刺激那根人的敏感神经所带来的不单是感性上的伤感、理性上的豁达，也有领悟后心灵上的解脱和快慰。

高璨的诗，文字清简朴素，语言干净，不使用语气词，没有刻意的煽动性，却诗情饱满，诗意浓郁，诗风酣畅淋漓。纵使是沉重的社会问题、复杂的人性、谜一样难懂的人生等，她无一不是从寻常简单的事物展开叙述，见微知著，在轻轻淡淡的絮叨之下，却是波澜不惊、温和而有力的诠释，蕴藏着巨大的力量。

随手摘来诗人的一两首诗为例：

　　立冬也冷　立春也冷/鱼的屋顶/河的武器/桥的贬值/船的假期

　　　　　　——《北方的冬干燥且冷》

这里描写了寒冬休渔停渡的场景，三九严寒的北方冬日里，坚而硬冷的河面将渔船牢牢锁困，人们从渡桥中解脱了双脚，自由地在冰面上奔跑，河里的鱼儿也获得了冬天寒冷的恩赐，在自己的屋子里自在无畏地畅游。诗人没有使用形容词来表达严寒，也没有描述河面结冰后给人们出行带来的畅快，更没说休渔期渔船的停摆、水族们的休养生息，诗意里所有的严寒、坚硬、冰冷，所有的肃穆、寂静、寥落，诗人只字不提，只奇巧地说，鱼有了屋顶，河有了武器，桥已经贬值，船舶正在停摆。

似乎很明了了，所谓的诗意都不是诗人想说的，她只写诗，诗意都是读者自己想说的，就像人身体里的神经，痛的不是神经本身，痛的是人自己。区别于许多诗人以诗歌为自我情感的表达、自我情绪的宣泄，高璨的诗向来如此，它不动声色，只用一根诗性的神经去调动情绪。这根敏感的神经，如果遇到了理性社会中定义的精神病患者，又将如何诠释？

　　疯狂这个词的来源/建起疯人院/所谓人类/个中疯狂/将同类关在牢里/因恶的调味/我们浅尝辄止//无

> 人幸存于思考/文化/一种理直气壮的误导/植物很少喜形于色/很少悲从中来/有一种人叫植物人/描述的完全是/另一码事//疯狂至极/名曰理性
>
> ——《疯狂至极》

疯人院的恐怖,一提起来便令人精神紧张,心生畏惧。疯人,是人类社会的定义,疯人院,是人类文明的产物;"疯子"的世界里,是无须"正常人"理解的世界;疯人院只是服务于"正常人"的理性机构,是"正常人"私念的执行结果。人类社会习惯于围绕自己来定义一切,这被定义的一切都是对的吗?对于这世上的所有——动物、植物、自然等,都对吗?

诗人在这首诗里,向人类自诩的文明、骄傲的文化发出了心灵的挑战。"因恶的调味/我们浅尝辄止""疯狂至极/名曰理性",无疑是刺向人类社会神经的一根针,令人对疏于思索的事,不得不认真思索,不得不重新审视,因为"我们浅尝辄止"的行为,实则"疯狂至极"!

《龙门石窟》一诗有这样一段:

> 佛/因成石像/罹难//祭拜者/他尚且残缺/何能护你周全//……伊河边上/落木萧萧/无人跪拜/无人嫉恨//叶是自在地落/佛龛自在地风化

佛法无边,无边佛法,佛因尘世的万人敬仰而罹难。石刻泥塑的佛,并没有佛,也不是佛。佛罹难于祭拜者,叶落是佛法，佛龛风化的自在是佛法，佛法的无边在"无人跪拜/无人嫉恨"的冥冥心中。在这首诗里，诗人对宗教的神圣不可侵犯，对信徒的无上崇敬发起了挑战：

祭拜者/他尚且残缺/何能护你周全

这是一声掀起波澜的灵魂拷问，刺激的何止信徒的神经，还有万千的凡夫俗子。

当我惊叹于高璨的这些诗时，心里总有一个疑问，这些明锐脱尘的诗何以脱胎于人们视若无睹的事物？一种被针灸的感觉时常在读后产生，平凡而忙碌的生活总是令人麻木，高璨诗的出现，激活了身体里早已麻木的神经，思想活了起来，身体不再僵硬，生命有了复苏的感动，也有了很多希望的冲动。当我在诗中哭泣时，这个把自己活成一首诗的人，是如此令人羡慕。

高璨曾在《万花筒·不畏》一文中说：

灵感的闪电不可储存，不及时记录，会少多少场暴雨的洗礼，心灵的土壤缺水，如何开出热带雨林的花儿。

高璨的勤奋令人钦佩，十几年笔耕不辍，已是著作丰厚。这一本本的诗集、文集、札记都是她心灵的轨迹，是她思想的成长史，这已然是一片肥沃的土壤。当然，还得益于灵感的闪电后,她接受暴雨浇灌的洗礼。她的诗文,是生命开出的一朵朵美丽的花。

灵感的闪电?诗人14岁出版了一本名为《第二支闪电》的诗集。其中一篇《第二支闪电——读尼采》写道:

黑衣人盼望一场暴雨的征兆/浓密的乌云/他是乌云中劈出的第一支闪电/他盼望着第二支

"上帝死了!"这是德国哲学家、文学家尼采一声石破天惊般的断喝。19世纪的欧洲,尼采的思想在当时还颇具争议,但他仍不失为一个思想的猛士与斗士。高璨在《语言,众人的密谋》里,有大量讨论尼采思想的文章,这一篇篇小文,与其说是讨论尼采的思想,莫若说是诗人与尼采灵魂的对话。20岁的诗人说:"尼采说有些人不畏远方,是因为无论身处何方都宾至如归。我读尼采,大抵也是如此。"(《宾至如归》)这个读尼采"宾至如归"的女孩,在《偶感》中写:

在天空背面我看见河/桥的背面有弯弯的诗/鱼的背面服帖光滑的四季/水的背面放了一双冰的鞋/月亮是谁窗前的烛台/共剪灯芯　霜却是独自地落

世界是一样的,不一样的解释,源自对世界不同的解读而已。月亮是谁的烛台,而烛台又是谁心中的一轮明月?在宗教、哲学、道德、社会、科学等诸多领域有着自己思想理论的哲学家尼采，在高璨的眼里是"背后世界的人"，正如《偶感》最后所写：

> 我热爱大地不是背后世界的最后的人/尼采你不要与我为敌/我没见过你的鹰和蛇 只见过它们的同伴/却在凡·高的星空中见过你/和你的背影

诗人是精神世界里虔诚的教徒，精神世界的共鸣、思想天空里的电闪雷鸣，一直是诗人自少女时代即有的追求。此时，她教徒一般谦卑地对着尼采呐喊："我没见过你的鹰和蛇 只见过它们的同伴"。在这背后世界，尼采不是诗人所看见的最后的人，从凡·高的星空里，她兴奋地看见了背后世界的人和尼采的背影，就像她曾在诗中发出的呼喊：

> 他是乌云中劈出的第一支闪电/他盼望着第二支

高璨的诗中，尼采盼望的"第二支闪电"，可能是更多的人，是更多的背后世界的人。这是尼采梦中的呼喊，还是诗人高璨梦中的呐喊？这是背后世界人的孤独，还是寻求精神共鸣的所有人的孤独？我不得而知。

诗人渴望思想世界的闪电，"尼采啊，你不要与我为敌"，诗人仿佛一只冲向海面的海燕，迎接着电闪雷鸣过后暴风雨的洗礼，她似乎说，让暴风雨来得更猛烈些吧！

把灵感视作闪电的高璨，她有着储存自己闪电的方式。从童年的诗人，到成年后具有自己思想建构的青年学子，她用文字将自己灵感的闪电储存了起来，成为人生一笔异常宝贵的财富。高璨的诗，以灵性著称，也因诗而哲，以哲为诗，为人乐道，其中灵性的文字可谓神来之笔，常令人惊叹与赞许。除了自身天赋，她有着超常的诗性敏感。在《话语的价值·灵感的彼此冲撞》一文中，高璨说：

> 说不出惊喜还是忧愁，我偶尔会被湖泊中一尾浮上水面的红金鱼深深震撼——一只灵感完整地活在我的视线里，即使它随时可能消失，划入深深的、深深的湖底。

这里，红金鱼是"一只灵感"，跳进诗人视线里。12岁时所作《红色的金鱼游入水中》一诗写道：

> 鱼游进水中，一摆尾/被水的颜色涂掉/波光粼粼的湖面/突然间少了一只红色的舞鞋

14岁时所作《静止》一诗说：

> 我看见的鱼，突然一摆尾/突然感觉屋外原本静止的梧桐树/也一两片地落叶了

也如《山外有雨》：

山外有雨/风中带着云和水的喘息//睡莲开了又开　仍是同一朵/两翼的袅袅红金鱼　水中炊烟

再如《偶感》：

　　鱼的背面服帖光滑的四季/水的背面放了一双冰的鞋

　　高璨擅用强烈的意象力表现手法，有关这几句的诗意，我在前边已经说过，不再重述。但从这组以红金鱼为"一只灵感"所写的诗句中可以感受到，这是她灵感的闪电的储存方式，是同一灵感在不同诗中的绽放方式，也是思想开出不同颜色花朵的方式。不得不说，高璨是天生的诗人，她的诗里，有一根敏感的诗性神经。

　　这么年轻的诗人，这么青春的女孩，在目力所及的地方，她的灵感像闪电一般释放，让她写出触及心魂的诗来。这些诗本身没有情绪，读诗的人，却情绪多变，有甜蜜的笑、会心的笑，有眼睛的湿润、心酸的蹙眉、哀伤的撇嘴，有沉思，有追问，也有不解。她的诗里藏着一根敏感的神经，这神经是撩拨人的高手。

一百年后的高璨

> 岁月是一条透明的狗/疯言疯语 横冲直撞/从不透露给行路者正确的预言/为赶上最后一口稠酒/跑得飞快/将路边摆设撞得粉碎/那摆设在人间还有别称/叫梦想/它没有醉 酒从不醉人/梦是酒精的鼻祖/至今配料不明
>
> ——《岁月是一条透明的狗》

高璨的这首诗想象力十足,堪称其代表作,用惊艳来形容再合适不过。岁月之于人,摸不到,捉不得,没人能预测它的去向,诗人将它比作一条透明的狗,实在绝妙;梦想本是梦想本身,它没有发疯的配料,人却不知为了何故,于岁月里横冲直撞,或在路上,或早就跑偏了方向,却疯言疯语地说是为了梦想。

在这里,我的理解或许不是诗人的本意,或许与其他读者的解释大相径庭,但这首诗意象强烈、象征手法鲜明是不争的事实。在此,由不得我自作主张。

《何所冬暖 何所夏寒 念屈原》(组诗)其二《歌》写道:

十个神/十一篇礼赞/数十座祭坛/千百次祭奠/你为他们写了歌/歌里如何有自己的故事

这也是一首巧用象征手法的佳作。诗人高璨的同一首诗，会在不同的人群里有不同的解释，并且，每一类诗都会是一个群体，都能从诗集中找到许多同类，在此，不再多择。

说到象征派诗歌，诗人李金发是一位无论如何都绕不过的重要人物。在中国20世纪文学史和艺术史上，他被喻为象征派诗歌的先驱和代表，为中国新诗史开创了一个新诗流派，深刻地影响了整个20世纪中国诗坛和海外华人文学。李金发的诗，在当时社会中新颖独特、别具一格，又因文白夹杂、朦胧晦涩而遭世人诟病，但它推动了自由诗的发展，开创了新的诗风是毋庸置疑的。所以有人说，当时的中国诗坛，即便没有李金发，也会有李金发式的诗人，他在中国新诗史上，是不可轻易翻过去的一页。

1925年11月，李金发的《微雨》出版，之后《为幸福而歌》《食客与凶年》相继出版，奠定了其现代中国象征诗创始者的地位。李金发陌生化的语言形式，表现"意欲"的审美追求，那种从不直说，而是通过具体的形象一点一点来暗示、隐喻，也就是以主要意象表现审美感受与审美体验的风格，在当时的社会，颇有争议，他因而被称为"诗怪"。

《弃妇》便是颇具代表性的一首诗，其中写道：

长发披遍我两眼之前，/遂隔断了一切羞恶之疾视，/与鲜血之急流，枯骨之沉睡。/黑夜与蚊虫联步徐来，/越此短墙之角，/狂呼在我清白之耳后，/如荒野狂风怒号，/战栗了无数游牧。……衰老的裙裾发出哀吟，/徜徉在丘墓之侧，/永无热泪，/点滴在草地，/为世界之装饰。

对此诗，我不求甚解，只于朦胧间有些感受：一个被整个社会抛弃的衰老妇人，对着世界发出哀号，悲愤凄凉。

朱自清说："想象的素材是感觉，怎样玲珑缥缈的空中楼阁都建筑在感觉上。感觉人人有，可是或敏锐，或迟钝，因而有精粗之别。而各个感觉间交互错综的关系，千变万化，不容易把捉，这些往往是稍纵即逝的。偶尔把捉着了，要将这些组织起来，成功一种可以给人看的样式，又得有一番工夫，一幅本领。"

他评价李金发的诗说："他的诗没有寻常的章法，一部分一部分可以懂，合起来却没有意思。他要表现的不是意思而是感觉或情感，仿佛大大小小红红绿绿一串珠子，他却藏起那串儿，你得自己穿着瞧。"

说到这儿，我立即想起了高璨，在诗歌意象表现手法这一点上，她颇有李金发之意。她在《原上有些吹唢呐的人》中写道：

极尽漆黑惨白/攀高枝的夜和月圆/我没有一个合宜的秘密/晴朗天气的屋檐下/原上有些/吹唢呐的

人//吹唢呐的人/声若砂纸奔流/过耳过心/死亡之形端坐于臂上/鹰那样雍容/死亡之神 为漫山遍野的/风吹草动//……骰子掷出三点/剩余五面依旧存在/生死从来不是一扇门

在基本艺术观念和艺术感知之间,中、西象征主义者对世界的认识存在差异。西方的象征主义者常围绕"人与世界"这一永恒命题思考人的意义和价值,而中国则主要围绕与"个性生命"密切相关的具体社会问题,抒情感觉更为重要。中国现代象征派诗歌自李金发以来,近乎百年间,与西方纯粹的象征派诗歌所倡导的"纯艺术""纯诗"有了明显的区别,自二十世纪三四十年代开始,已经走上了与现实主义结合的自由派诗歌之路。

我试将高璨的诗置于中、西方象征派诗歌语境中加以分析,以下几点值得商榷。

其一,在诗歌表现主体上,高璨的诗,涉及个体与社会、个体与时代的极少,她将目光更多地投在人与自然、人的生命价值和意义的主体上;在艺术创作上,她的诗没有情绪色彩,没有个人情感的宣泄与强加,而是通过象征派诗歌隐喻、暗示、通感等表达手法的运用,将读者的想象力带动起来,有着西方象征派诗歌"能引起人的揣摩和猜想""能引起愁思和迷离梦境"的特征。高璨有大量关于"梦"的诗作,加之诗人通过诗营造了一种思绪纷纷的意境,故有人称其为"梦的保管者"。她的诗,有时像是梦呓一般迷离、缥缈,甚至是奇诡。

所以，在这一点上，虽然中国象征派诗歌出现已近一百年，但高璨的诗没有受中国现代象征派自由诗现实主义的影响，而是跨过近百年时间，与当时西方象征派诗歌不谋而合。她的诗，在当代自由诗中脱颖而出，有着自己独特的风格。

其二，在诗意风格上，西方象征派诗歌是建立在反世界的"叛逆"精神之上的诗歌，她的诗则建立在独立思想者的追问与探索，对事物的求同存异和全新诠释上，这让她的诗与西方象征派诗歌又合而不同。当然，高璨的诗不涉及"个性生命"与社会问题，没有中国现代象征派诗歌所走的现实主义自由诗的风格，她走的是属于自己的象征派诗歌之路，可以说是独树一帜。

其三，高璨的诗，有着自己独特的语言表达方式。名词动词化、动词拟人化等手法的运用，使她的诗意空间跳跃性强，想象力十足；象征派诗歌中的隐喻、暗喻、通感等手法在词与词、词与文之间互相引用、转换与印证，甚至是以典印典的词语使用方式，使她的诗信息量很大，诗意空间常呈辐射状。如此的诗歌语言，既没有李金发式的晦涩，也没有西方过多的浪漫迷离，这使她的诗区别于中、西方象征派诗歌而有着自己鲜明的语言风格。

其四，高璨的诗，有中国佛道精神中物我相契、天人化一的淡泊从容，这使她的诗在面对"人与世界"中生命的意义和价值时，鲜明地区别于西方象征派诗歌中的"热忱与忧郁"，有着中国诗歌所独有的超然物外、空灵玄妙的禅意，同时，又有区别于中国象征派诗歌的理性况味。

其五，高璨的思维极具跳跃性，独特的视觉角度营造出一种时空的延伸，这使她的诗空间感强烈，如她在《可爱的爱·爱造就英雄》一文中所说：

人们说不清楚，海洋是陆地的水晶球，还是陆地是海洋的生态玻璃箱。他们就像世界的正面和背面，彼此深爱却又不熟识。

这种打破既定思维的能力，在她的诸多诗作中都有运用，给人带来前所未有的清新感及思维空间的突破感。又如她在《历久弥新·尽管如此》一文中说：

是每个人都在另外一个星球上有归宿感，但是却注定无法在异国他乡"归宿"。

高璨的诗从象征派及当代自由诗歌中完全脱离，自有一番"越界"时代之感。

至此，一个于中、西方象征派诗歌来讲，既不谋而合又合而不同、同而又新的诗人诞生了。中国象征派诗歌自李金发开创发展至今近百年，新诗人高璨突破其框架走出了自己独具特色的诗歌道路。面对这样一个新诗人，人们不由得会想，中国现代诗歌会走向何方？

"在一个政治、社会、环境都很混乱的世界，人类如何走过下一个一百年？"这是英国天体物理学家斯蒂芬·霍金在网上公开提出的问题。他说："我不知道答案，这就是我提问的原因。"

网上一片嘈杂，争讼物种、资源、核战、灾难、移民外星等等，答案的对错都与人类的生存息息相关。我相信，不管时光的转轮如何旋转，爱与善良是人类生存发展永恒的主题。一百是个数量词，加上"年"做单位，是沉甸甸的岁月与时光；然而，当"爱与善良"做它的单位时，永恒是它圆满的、最好的诠释。

20世纪20年代，李金发的新诗被视为"叛逆"，周作人却称赞为"国内所无，别开生面"的"诗怪"。历经近百年后，历史给了他公正的答复：中国象征派诗歌开山鼻祖。

历史的车轮滚滚，同样，作为在当代诗坛有着一席之地的新诗人高璨的诗歌会走向何方？一百年之后，诗界对高璨的诗会不会有什么定位？这不得而知，我无力揣度，目前也无法预测。我也提出了一个问题，同霍金一样，"我不知道答案，这就是我提问的原因"。

人们对于高璨的出现有一种不安全感，就像百年前李金发被人们称为"诗怪"一样，这是因为她的文字。有人说，她的文字有如梦呓，正是这种"新"带来了不安全感。她的文字有若"新生儿"，唇红齿白，出尘而来。一百年后读她的诗呢？可能就会是另一种感觉，正如她在《午前的哲学·意识的原点》中所说，文学的"原点"是永生不变的，而"新"所带来的"不安全感"，正如"天才在左，疯子在右"。然而，高璨是多么温和、阳光的一个女孩呢，并且，随着年龄及阅历的增长，她一直保持着诗性的敏锐与新鲜，这样一个创作欲蓬勃旺盛的诗人，多么令人欣喜！

文字组合之新，思维角度之新，诗意想象之新，诗意风格之新，令人惊奇。"每一段与每一段不同，红红绿绿的一堆珠子，得自己穿起自己的那一串来。天马行空，信马由缰，却言之有物，句句惊人。"诗人有时是哲学家，哲学家常常是诗人。高璨为诗为文，诗中有哲，哲中有诗，这样的一个年轻诗人，用诗走在对生命的追寻之路上。

尼采说："哲学家诞生于清晨的神秘，正在思索在钟敲十下和十二下之间，白天如何才能有一张如此纯粹、如此透亮、如此容光焕发的脸庞：它们正在寻求午前的哲学。"高璨请求给她一个"钟声十二响"之前的蓝天：纯粹、透明，容光焕发地迎接，上升、蒸腾……高璨所追求的，是精神高度自由，是一个有限的遇见与短暂的无垠对话的生命与享受。

曾有记者采访高璨：对于未来的发展有何打算，是当作家，当教师，还是当诗人？高璨没有给出明确的答案，她说："我会把写作一直坚持下去，但并不想成为专职作家，我想走得慢一些、踏实一些，走属于自己的路。"

> 我以为/是河在走它的水/麦儿在颂它的穗/是为喜悦/无苦难希望因我而生//当我死亡了/一万年/诗里的马/还在吃草/还在那儿跑//……我的肉体/亦承蒙荫庇/得以发生写作/得以停止写作//把遗憾也唤作缘
> ——《写作的喜悦》

这首诗里，我看见的是温和的笑，听见的、感受到的是一个生命对于艺术的热爱和艺术带给生命的享受与喜悦。充满期待的一百年，有理由相信，高璨的诗，经得起岁月与时光的考验。

尾　声

知其雄　而《守其雌》
当《梦跟颜色一样轻》时
诗人参透了《语言，众人的密谋》
她撩起了《乱象》迷离的面纱　岁月悠悠
《第二支闪电》划破苍穹
她是《白驹过隙，人生的缝合者》
对月长吟着《诗经未说完的秘密》
《四五六七日的雪》是下在
《这个冬天懒懒的事》

诗人对着世界微笑
《我很像我，你愈发不像你》
《你来，你去》间
《一朵野菊花又开了》
那天《阳光的脚步很轻》
《一首曲子反复播放》她的
《出尘之美》

因诗歌之精彩，得诗人之遇见，遂以小文记录读诗所感。

上面是一首以诗人高璨的诗文集名编撰的小诗,以小诗写诗人,难免有贻笑大方之尴尬,然而,面对这些美好如诗句的书名,一时技痒,权当收尾。

冬天读诗,相遇何其美妙。翻开诗集的那天,窗外正飘飞着大雪,千年古都长安那素颜的美,令人惊叹。我于诗中缓步,细细品读时光流淌在一个诗人身上的粼粼波光。合上诗集时,长安已是满城春色。一场春雨过后,长安在水里打了个滚儿,从历史厚重的尘烟中醒来,抖落抱朴守拙的长衫。它时尚而不张扬,前卫却又蕴藉。雨后的长安最美,雨后的长安才是它最真的模样,长歌当空,有着诗歌的长安是真正的长安。入窗而来的春风,翻开了诗集的一页,高璨在《十二月·三月》中写道:

应该如何措辞/春天半截埋冬季半截裸露夏季/一夜醒来窗外的鸟叫如夏//梦境往往不会让你记住它的所见/三月往往经过而我未闻

读的是诗,还是梦?我在高璨的诗中沉醉,一个读诗的冬天,在诗里走了漫长的时光,想那窗外的一树繁花、草长莺飞的蓬勃,我连夜从长安赶往汉江岸边的油菜花海。

天色未亮,春天湿润的地气正从大地深处升腾而起,泥土的芬芳、油菜花馥郁清爽的甜香,混合在空气里四处弥散。油菜花令人迷醉的金色正悄无声息地点亮大地,似乎,在眨眼之间，在鼻息的嗅闻间，天就亮了。那醉人的金色，恣肆地泼染在青山碧水间，煦暖的微风下，点点的碎金迷乱人眼，这是太阳长在大地上的光芒，这是大地挽留阳光的温情。春已来，花正浓，一个金镶玉的春梦，天地间真是美极了。不想说"如诗如画"，更不想说"宛若江南"，辞藻的建筑不是美，油菜花海是它自己就够了。我想到了高璨，她的诗从不去描述什么，也不去渲染什么，只是诗本身。它如同呢喃的耳语，却顽固地说了，真实地说了，而且说了很多。就像这片油菜花海，永远是自己，不是"如诗如画"，也不是"宛若江南"，是言有尽而意无穷的美，是属于每个拥抱它的人自己的美。

高璨在《十二月·五月》中写道：

> 树的年轮里花儿只走一圈／无法越轨看看别处风景／花儿是相片　永生在别人口中的一瞬／花儿是年轻的季节／／打开门　听见花儿的笑声

高璨的许多诗，似乎是许多的画。她的诗里有白描的素美，有水彩的清新淡雅，有水墨晕染的曼妙清逸，有油画的浓郁饱满。她的诗有着淡淡的画意，读来的是诗，眼前浮现的是静谧的画。我曾数次来到这片油菜花海，醉心于它变幻莫测的美，拍下无数张照片。金色的花海在不同时间、不同光线下呈现出的不同层次、不同姿态、不同色调、不同意境的美，如同莫奈的《睡莲》系列画带来的心灵震颤。面对眼前的这片油菜花海，倏忽间，我想到了诗，那些在不同的光与影下触动心灵的，是高璨在"诗经，未说完的秘密"之外的世界。

一个把诗视作血脉的诗人，一定是用诗来滋养生命的诗人。当诗的血脉在生命的四季流淌而过，诗人用一生谱写生命之歌。她的诗，将随着生命源源不断地流淌，有限的遇见与短暂的无垠都将入诗。

汉江边的一间茶舍里，我放下手中的玻璃茶盏凭栏远眺，杯中午子仙毫那清透淡雅的绿，似水泛起的梦，也似汉江，我不禁轻声吟诵高璨的一首诗：

我喜欢静静的汉江／正说到静这个词／窗外／突然有鸟／天果然亮了／天果然亮了／小时候来过这儿／那时　西安是西安／安康是安康／而现在　汉江就是故乡
　　　　　　　　　　　　——《安康》

游学海外的诗人高璨说"故乡在六小时之外"，现在的汉江正在她的六小时之外吗？长安的上空她可曾正写着怀乡的诗篇？故乡，所有人心头都有一抹乡愁，她在一首《渭城》中写道：

高铁经过渭城／惊问／是否为唐诗里那座／需要饮酒而过的／／可惜这儿只是同名／火车掠过／无雨亦无垂柳／假寐的乘客／淋着真实的梦／／每个奔波的人／头上

都有朵故乡的云//换一千种姿势出阳关/也无人递来一壶酒

轻轻合上诗人的诗集,却没能从诗的世界中逃离,又怎能逃离?

写于2018戊戌之春

附：高璨诗选

镜子和狗

导盲犬
在盲老人去世后便被抛弃
街头独自流浪
有一天奄奄一息
看见一面镜子
里面有只
跟自己一样的狗
流浪

导盲犬上前舔了舔
感觉那只狗也在舔自己
两只狗轻摇尾巴
一起躺下
导盲犬挨着镜里的狗
感觉另一个心脏跳动
另一种体温存在
直到不知不觉

镜子很温暖

她的心第一次跳动

第一次有人对她这么亲密

导盲犬和镜子

睡在这个城市的一个角落

悄悄的秋

一个扫院子的人
在风中扫着
扫着不尽的落叶

头顶飞过一群雁
学会了轻
一点声音也没有
仿佛雾从远处漫了过来

扫院人仍关注
地面的黄叶
甚至没有发现
秋的到来

雨　停　后

雨停了,夜里
只听见屋檐上的积雨
一滴滴落下
却不见它们落哪儿

窗外摇曳的满树叶子
把月光撕碎了
叶片上的几粒水珠
把撕碎的月光
还给了月亮

雨停了,夜里
从门缝挤出去的灯光
把一路上的积水
连成一条银河

月　夜

在月光的落脚处
只有风掠过
像轻盈的小野猫从那儿经过

月光移了移脚
轻轻跳进小屋的窗
没有人发现
却惊醒了孤单

有月的夜，好静
小草虫睡觉了
溪水静静地奔流
却是一脸茫然

草叶间
一只小的萤火虫
是如此渺小
却能把一片黑暗

吓得抖动
抖出了一盏初升的
太阳

飘过童年的云

我是一棵长满枝丫的小树
其中的一枝上
坐着我的童年

就是那么一瞬间
就是那样不小心
童年，就在捕捉一朵
飘过树丫的云时
无声跌落
离开，就再也没有回来

那么多云飘过
那么多枝丫重新长出
可我永远找不到
飘过我童年树丫的那朵云

大地系上金色纽扣

金色的野菊花
沿着小路
弯弯曲曲
像给大地这件衣服
缝上一绺纽扣

天空这张大口嚼着白云
它们没有牙
只能含在嘴里慢慢嚼
云朵就这样嚼碎
随风飘下
冬天飘下的,是雪

大地睡了,金色的纽扣
被系上,大衣里
孕育着下一个稚嫩的春天

生活在一瞬间、一瞬间

昙花在深夜,开了
他没有表用来看清一个小时
究竟在生命中占去多少
而是捕捉每一个瞬间
一缕风或一丝月光的移动
这样,昙花的生命很长

昙花,不理解成语
他只是生活在一瞬间、一瞬间
做一朵快乐的花

一棵干枯的老树

一棵干枯的老树
站在一片青草丛中
春天的他,仍旧回想着冬
如冬的树枝间,是春的蓝天

一根细的青藤
悄悄爬上老树
伸出绿色的手臂拥抱他
老树回到了春天
虽然不再具有春天的发言权

老树还站着
只是不再孤单
他开着青藤嫩黄的花

一棵干枯的老树
永远站在春天的门口
将一枝藤条
递进春天的家

蝴蝶的旅程

蝴蝶飞舞
将自己的一生
献给夏日的蓝天
她没有名片
没有固定的住址
只驮着自己的美丽
踩着轻盈飘舞

我没有听见她飞翔的声音
也不知道她的终点
我询问花朵蝴蝶的旅程
花朵不语,在微风中轻摇
哦,蝴蝶一定去了另一朵花
她像行驶在花的铁轨上
一节会飞的车厢

那是风,无法跨越的长度

草原上,我用一株草的寿命
度量了春与秋的距离
那是风,无法跨越的长度
草原,却已度过多少个春秋?

一株株草儿低下头
草原矮了一截
径直走进,秋的门洞

月光孤单地站着
她没有了树叶们的欢迎
照不到蝉的身影
失落的情绪,冰冷了秋天

几棵松树,仍执着守着
春与夏的出口
它们不是秋天画板的底色

我走在弥漫秋天气息的

树林间，抬头便见

光秃秃的树枝

树没有了叶子，有风的日子

也不再舞动

有人在轻抚寺院的门

有人在轻抚寺院的门
轻轻的,还是被静
听见了,僧人缓缓推开门
门前一棵巨大的梧桐
已经送来秋天
抚门的人呢?
僧人捡起脚下的一片叶
悄悄撒下一把金黄的米粒

有人在轻抚寺院的门
僧人缓缓推开门
看着地上不见的金黄
微笑着又捡起一片叶
撒下一把米
他瞧着手中的树叶,笑着说
这就是那些抚门的小手啊
是树上的麻雀指使的吧

冬天,寺院没有了抚门声
门前的梧桐树上
长了许多会唱歌的叶子
门口的那些金黄
温暖了这个冬天

老　钟　表

钟表店里
一只坏了的钟表
被拆掉银色的齿轮
桌上零乱地躺着
好像那些操劳一生的人
终于有了一个喘息的机会
却已经触摸到了自己的终点

表壳依旧完好无损
但它不忍看见洒落一旁的内心
是怎样饱经风霜
究竟承受过多少磨难
就像伤了翅膀的鸟儿
更渴望飞上蓝天
已经没有了气力

一堆钟表的零件
洒落桌上

似乎一地时光破碎的骨头
让窗外的我
看见了时光竟然也有憔悴
老去的时刻

这个冬天懒懒的事

鱼在缸中游得倦了
水草喜欢不停地生长,在缸中
知道有一天它会长出水面
却不知在以后的故事中
会怎样,鱼在水底
在令人想不起岁月的水底,吐泡泡

用一种气息,浅描在
屋里暖融融的灯光上
墙上的挂钟说出困意

但它依旧在走
像一个不是我的人
却在冬天与我想着同样的事
那些暖暖、想起就想起
想忘记就可以忘记的
懒懒的冬天的事

其实蜗牛可以爬得更快一些

其实蜗牛可以爬得更快一些

叶子的盛情挽留，使它们
多待了一会儿
花儿甜蜜的诗，让它们
多品味了一会儿
风舞蹈在阳光的舞池
它们自己哼着伴奏
多看了一会儿

其实蜗牛可以爬得更快一些
只不过很多的人
挽留它们
只不过它们爱所有风景

它们才不希望像那些
每时每刻奔跑者
失去了什么却浑然不知
直到生命只剩下一个终点

镜　子

镜子，是它的一只眼睛
人们喜欢在这只眼睛里审视自己
因为镜子没有将自己的情感
流露在眼睛里
人们镜中看见的依然是心中的自己

镜子睁开眼睛就不再合上
碎了，就散碎地望着世界

没有人爱镜子
所有人都爱自己
也没有人会像纳西索斯
因贪恋自己的美貌落入小河
陷入镜子的心里

镜子孤独的时候
在心中闭上眼睛
想着自己的那么多伙伴

都这样活着
想流泪还需要等到雨天

镜子是它的一只眼睛
镜子内心惆怅
却依然情不自禁地爱上
每一个路过的人

流水桃花

一只乌鸦的叫声
在山里的清晨都会成为问候
这里的麻雀,太小,太少
似乎从大队伍中走散的几只
家不在这儿,欢欣的歌声就不在这儿

飞蛾同蝴蝶涂了一样的油彩
我忙于分辨它们
忽视了美与它们的栖所无关

有一些温柔的花儿,有一些毒刺的花儿
善良与邪恶的花儿站在一起
挤在同一片土地上
如同黑蝴蝶白蝴蝶立在一朵花上
没有什么不妥
只是我的经过仿佛流水桃花
漂去,不会成为一滴水
融合其中

大山的眼神比我的平静

心也比我的生长了更多小碎花的爱

而我如同桃花漂在水面

漂在大山的心里

学会爱与柔软

花、鸟、山路

没有一朵花

在绽放时,喊出它自己的名字

没有一只鸟

在起飞时,唱出它自己的名字

我在山中看到的美

起飞前是花儿

起飞后是鸟儿

它们没有固定的名字

因为山里的每句话都是

对所有人说的

无论走在这里的人

能否如同花草树木一样会意

山路像一条巨蟒一丝不动盘旋在山上

它应该很温柔

应该已经睡着了

或许睁着眼睛

只思索一些善良的事

夜晚，花儿站在路边
像是依靠在巨蟒身边
山谷里的小河说着梦话
它们和头顶的星空一样美、一样温柔

秋天的格调

一群鸽子飞过头顶
我听见天空被揉碎的声音

光阴在一只野猫柔软的步伐里
变得慵懒
一只大蝴蝶飞过我的眼前
哼着夏天爱哼的歌谣
而秋天使蝴蝶的飞翔
和歌谣，纷纷打战

叶子开始落的时候谁都不知道
燕子走之前也未与我告别
秋天的沉默
就是一群青苔
无言地爬上青砖

雨想起时就落几滴
伞不用打开

夏天时种的那些藤蔓植物
已经爬满整个墙壁
开了三种颜色不同的花
就像绣了一墙招摇的五线谱
彩色的音符一只只唱着

秋天的格调上
就这样被缝上一个夏天的口袋

梦　里

身体薄得像一片纸
风一吹，飘了起来
飘出过去多少本厚厚的日历
飘出一条长长的画廊
画廊的两侧
人都像照片一样贴在时光的日记本里

身体薄于冬日的阳光
风停了，就落下
落在曾经采过蒲公英的地方

梦醒后，风不知是吹还是停
我并没有跟着起飞
照片与记忆总喜欢在我的梦中
演绎它们如何被时光牢记

而日历渐渐厚了
画廊愈发长了

梦会不会也这样变得漫长了
那样会飘多久呢
梦醒后，日子却越来越薄了

静　止

一些鱼静止在水里
像色彩静止在画里
落叶，静止在风的忽略中
想起鸟儿的小脚印，被雪的宁静记住了

我想起一些画笔静置桌面
还想起前年的野菊花
野菊花一朵、两朵
在暖洋洋的光线里没有舞蹈
今年的冬，吹过的风，一朵或两朵
冬天的脚步还在我身旁
只是发丝动了动

我看见的鱼，突然一摆尾
突然感觉屋外原本静止的梧桐树
也一两片地落叶了

突然想起这个静止的冬

在极度的宁静中,也快落尽了
像雪总是在宁静中融尽

我听见
那些静止的日子,一只只开始动了

花开在风之外

春天花开在风之外
我走在花之外

凝视的不是一朵而是一树
风还在吹
我们的脚步却停下了
花停在她的枝上
我停在我的鞋上

午阳照在阳台上
我和花儿都不在家
我和花儿都不在风里
似乎也不在春天里

在她静止的色彩和我
流动的眼眸里

城墙（组诗）

1

城墙在和平年代放风
他已望不到城的边界

他享受落雪　表情依然刻板森严
他擎着很多红灯笼　梦中的战场照了隐绰
吹角连营浩浩军师
月光下都成了影子
不在遥远时空　就在城墙内部
风雨蚁虫毁蚀不了的历史
在人言中淡了眼中薄了

说不清是噩梦还是美梦
一声马儿嘶鸣
风中划了裂口
远处钟声似缝合的线

穿插摇晃恍惚

阵阵隔世　却又响彻耳边

城墙上有些落雪

扑簌簌化入帝王陵梦

几个世纪了　雪依然落于雕栏玉砌

相映朱颜

久久未更　久久未变

2

城墙斑驳

像秋末或初春的树

最好还开些零碎的花

揉进青砖

路灯背面总是飞雪

古城总得有些不同

比如可以在庄严厚重的城门洞里卖菜

只怕回首误入大唐明清

比如可以在世纪前瞭望军情的空隙望见灯红酒绿

只怕当风声为霍霍乱箭

凡遇见必有感悟
重叠时空
我们借用了你的光荣
花灯之处旧年燃着火把
你保护的城早已易主

表象外衣

一本书页页翻阅是人生
随意闯入几页是梦境
叔本华生活在一层纸的世界
撕下皮肤
一定还能看见什么

我的书掷在生长的时空中
翻书人也不是我
秒进秒退的光线
它吃下它的父亲随后委命于它的儿子

我的书里会不会飞出三只脚的鸟
我的梦会不会告诉我剧终的内容
我的眼睛拍打世界
我的心织了件外衣

两个人的交流
实质上是两个世界的切磋

或是同一个世界的
两件外套
窃窃私语　情投意合　刀剑相向

我的篇章紧贴时间
水蛭的唇吮不到光阴的血
无法下渗
在花朵根部重生
我的外衣揉碎在别人眼里
可我不在那里

山　水　禅

进入不了石头
因为它们没有门
唤不回雪人
因为它们没耳朵

五点半
山中在习早课
上车的人其实没走
坐下的人也不在此刻

霞光万丈
金铜佛像一站千里
风里没有预言
水中没有往生

我的身边只坐着
这个世界

钟和木鱼

总是越敲越空

雪也是

越下越薄

洞 穴 论

外面的鲜花也许
并不如火焰烧得美丽

除了石灰岩　火把　偶像
还有那么多没有命名的事物

风　雨　雷
恐惧从心里拿出最初的神话
猪　牛　羊
温柔者最先献出自己

手脚离开绳索
第一次感到十指连心的痛
第一次踩空
第一次有人掉下悬崖

鹰的眼睛里那个回去的人不被信任
被自己的历史鞭打

就像从蛇开始的宗教
将撒旦讲作蛇

先知只需要一个
最先背叛祖先的人

而大多数的凡人要留下
来构成这个理论

即　兴

苦难是不出诗人的
斯德哥尔摩综合征病候群
才感激困苦

"国家不幸诗家幸"
从我九岁写第一首诗起
就招摇地驳斥此谬论
因着可爱的童年
诞生可爱的诗篇
仅此而已

后发觉
诗家此"幸"
乃不幸中的万幸
因着诗歌从不会消亡
哪怕是苟延残喘　饿殍遍野
也比王朝的覆灭
显得清秀

我怜悯苦难的诗篇
荆棘的王冠
爱在荒原上
生长得歇斯底里
一座座鬼城里游荡的幽魂之多
不得志不得意诗篇之多

绿色菜叶
拔出一捧伤心泪
烈焰红唇
吐出嚼碎的情爱论

伤者惯爱用伤者疗伤
才致伤口康复缓慢
难以痊愈
苦难是弱者的避难所
苦难的诗篇为水深火热者撒盐
因他们更以磨难为存在感

斯德哥尔摩病候群
喂养不了健康的诗歌

我 是 雨

把水的波纹含在嘴里
用鹤的喉咙歌唱

取出灯笼的火
皱褶的外衣
用纸的方式放生

小路卷起鞋跟
去尖尖小塔没有路了

有落日的灰烬在鸟的绒毛中
腐蚀夜的声带

涨潮时他们打开门
又关上

流泪之处请留下住址
伤心的人儿要认得家

那些喧哗的伞
没有一把是我的
我是雨
太阳低垂的眼睑

流浪的歌手啊不要再歌唱
路灯和今晚的月
被你放进吉他
那些喝着泪流着酒的旅人
要不是因为你
早都睡了
卷进不识其味的梦

我是雨
我不知道
天让我说什么

我是个记录者
看自己
像看故事

黑　鸟

高速路边站着黑鸟
红嘴
脚下　羽毛比柏油马路黑
身边　喙比夹竹桃红

他看汽车
这些笨拙的大物件儿
竟能扬起他的风衣衣角
像空中的风

它们没有翅膀　不知道
飞是什么
但身上嗅得到陌生的远方
来去皆为形迹匆匆的遥遥

没有伴侣
会发声
所以不是为了求爱

歪着头　黑鸟在破译车辆的语言

坐在车里　除了这只黑鸟
我还看见他的同伴
有些在求索　有些死在求索的路上
像丢了一把糖果　唯一的
空枝再次丢了月夜

人类根本不懂什么人机关系
最真实的汽车史
在动物的墓志铭里

岁月是一条透明的狗

岁月是一条透明的狗
疯言疯语　横冲直撞
从不透露给行路者正确的预言
为赶上最后一口稠酒
跑得飞快
将路边摆设撞得粉碎
那摆设在人间还有别称
叫梦想
它没有醉　酒从不醉人
梦是酒精的鼻祖
至今配料不明
占了三分之二空气
与氧气平起平坐
拉时光的爪子
它的表情都是我写过的故事
贪恋时光　即使
打过很多次狂犬疫苗
依然无比期待某个转角

遇到一条狂吠的狗
用一生让它安静下来
没有臣服的岁月驯化的主人
只是我们都静静走着
再不惧怕失去什么

魔　术

女子在河边绾好长发
裤脚
河约会那中央的苇草
诗经说完了秘密
荇菜水中游
心上人就只在心上走

斑竹的斑到底和湘夫人的泪有何关
无非是出世时没忘了前世的人
前生的事
可又记不清
那人到底长什么样子
那事因果云云
只留了风的甬道
风闭着眼都能躲开城堡的尖
有天这城堡若殁了
那里也没有风　也没有云
钟声的轮廓　就是一口钟

五爻的君王也常磨难呢
占卜者的手
解经者的舌
哲学家的眼
《易经》却从来都是它自己
任凭来者言语
天机不可泄露

愿你把诗变成一场魔术
最先消失的是自己

偶　　感

在天空背面我看见河

桥的背面有弯弯的诗

鱼的背面服帖光滑的四季

水的背面放了一双冰的鞋

月亮是谁窗前的烛台

共剪灯芯　霜却是独自地落

夜皇后夜美人都是郁金香和你的名字

分别不清就有玉兰树总在寒雪日开

骏马和沙漠是一种东西

一笔一画地饮水　与奔驰

云烟和雨是一对儿恋人

三月的长沙我苦恼他们的悱恻

雾是孤单的骑士兄弟

记着城堡藏在山里

一公顷的降水换一公顷的麦苗

它们朝圣的方向不同

他们的上帝相向而居

对饮的都是世界的酒

我热爱大地不是背后世界的最后的人

尼采你不要与我为敌

我没见过你的鹰和蛇　只见过它们的同伴

却在凡·高的星空中见过你

和你的背影

半　醒

对面楼上只剩一两盏灯亮着

天上星星只剩几户

有人在梦里醒来

有人在梦里做梦

有人睡不着凝视窗外

月亮一个就足够

可仅有的一个也熄了灯

云的被子很厚　盖多久会暖和

月光是月亮垂下的湿漉漉长发

从此草叶结霜

猫头鹰半夜进水进食

我是一个半睡半醒的人

落笔沉眠提笔清醒

下句诗要怎样说话我猜不到

诗句脸上的红晕提醒我

它们渴望活着

从稿纸跃向空中然后永远生活漂浮在

云的翅膀花的眼神中
雨的喘息雪的穿行中
日的弦月的弓上

诗句想活着
所以我的灯最晚睡
我的房间是最后那颗星

谜

大风刮了一夜
总觉得窗外有翻书的人
我以为收到雪的讯息
她却在别处降落
小时候猜过许多谜语
后来在诗里讲给别人
但最大的我的谜底　翻书也找不到答案
大风大抵被众多谜语所困
季节　温度　人群　世事
它四处奔走
可我的窗外没有你需要的书籍
我只想看一场雪的飘落
只想看一季有雪的冬日
最后才知道风只说了一个谜
可惜我又猜错了谜底
才知道原来真正的谜用来期待

山外有雨

山外有雨
风中带着云和水的喘息

睡莲开了又开　仍是同一朵
两翼的袅袅红金鱼　水中炊烟
屋舍已备好菜肴和回家的路
是该听见舟桨　还是驼铃

花开在两步之外
我该怎么去?

天在蓝它的眸子
水在淌它的心事
有昼　有夜　又一日
月亮的圆缺中我挪不开步子
怕光亮是退潮的海岸线
也怕暗从沙砾中溢出
染了我的白裙子

居住在草的房间　总觉得清凉
偶遇风的牧场
发丝中有多少野马的灵魂

拉　萨

朝圣者说拉萨是信仰匍匐在人间
布达拉宫是神秘来自前世来生
太阳点燃金顶史诗
炽热的浓浆淌入每一盏细小窗口
唯独缺了达赖六世的那座
世人心中却为他建造了千万座
曾在拉萨河中揣测
在雪山融雪中惋惜
在转经筒的频频侧身中寻觅
终是以一种魅惑于布宫的姿态遁世
千万年前的阳光
终于安眠在千万年前的殿里
信徒双手微拢合十
一祷就是千年
若抽丝般剥离拉萨城
全是经文
构成血液　骨骼　脉搏
构成山川　河流　草原

何所冬暖　何所夏寒　念屈原（组诗节选）

2.歌

十个神
十一篇礼赞
数十座祭坛
千百次祭奠
你为他们写了歌
歌里如何有自己的故事

恋人未满　明亮的
不得相见的远方
每个神都是那样高高的闪耀
深深的悲怆
人性的　你的神
太人性的　你

后来的后来

你与你祭拜的神站在一起
是否能想得起旧事的楚地
吟得出人间的辞赋
会不会又是一声轻轻的长叹
那我愿你　再不提起过去
再不想起　你曾见过汨罗
这江水是远远的神话　它宁愿
流着泪忘了自己的作者

3.问

你恐怕只是厌倦了
诗经里现世的工笔
你说了除了楚国　心中
本有星月山河　除了君王
本有鸟兽虫草

过去你一定去过远方
去过冬暖夏凉的地方
世界的背面　可尽是天机

你从神话中来
却要到理性中去
要从日中取出火
月亮夜夜由死入生
你打碎了自己的出生地
然后你要去哪里
天问是否泄露了天机
是否泄露了你的宿命

天问哟天问
从天而问　问之于天
或许你自己都不曾奢望
亲耳听见回答
身无法亲天　却可亲水
你将自比为雨？
东君携汝近天意
那些问诘
你都要亲自求索

而人间再未听见回答
华夏流传谜样的血

7.渔

一定是缺乏朋友　在身边
或是信件用了大半辈子时间
颠簸在路上
你才会　虚拟出这么多人
陪你说话　在纸上
从天神到地鬼
神职到草夫
都被你质问过

白衣长缨
你赤脚履沙
江水清清却与你无比
江水浊浊也与世无争

其实哪有什么渔父
不过是一愚夫对世事的责难
流传了万代

其实你才是
醉得最深沉的那个

你的水遁与李白不同
他醉于酒　你醉于世
只是醉里梦里
都销毁了身后的日子

再　找不到你
和你的白浪
悲莫悲兮生别离
短短几千年　依然
悲得凉　凉得慌

十二月（组诗节选）

三月

夜浅浅惑着窗里梦
没有一只满足于仅坐着
梦喜欢四处走走
春天才是落叶的时节
树上树下被写成书中的两季

猫咪彻夜叫着
诗人今晚终于放弃了书写情诗
成沓的稿纸浸着泪
没有一首长出羽毛飞到该去的地方

月光下柳枝小心点画叶子
鱼吐了两个泡泡
发现它们游向月亮却打碎了她

应该如何措辞
春天半截埋冬季半截裸露夏季
一夜醒来窗外的鸟叫如夏

梦境往往不会让你记住它的所见
三月往往经过而我未闻

五月

那天打开门　听见花儿的笑声
花儿乘船　从门前的河里划过
花儿骑马　越过坎坷的山坳　在不同的树下落脚
花儿坐喷射机　云中痕迹带着粉微醺
花儿在漂流　遇见浪花学不会它们的凋谢
花儿打开地上的窗　黑暗的眼睛比光明缤纷
花儿在作画　画作如生命无计可循
花儿在我的琴上　某个柔软的高音打开一片花瓣
花儿在酒杯里　醉了醉了　醉了

树的年轮里花儿只走一圈

无法越轨看看别处风景
花儿是相片　永生在别人口中的一瞬
花儿是年轻的季节

打开门　听见花儿的笑声

七月

闪电下有多少花园在举灯怒放
雷声湮没了多少花瓣撕裂
暴雨中多少人抬头啜饮　多少人嬉闹奔逃

一盏台灯一个人打开它歌颂它们的孤独
一盏月光一盏路灯下尽是约会的人和花
影子的幽会从不计较时间空间或物种之别

钟和日历都爱上了自己
因为自己带来的好时节

我在水边走水里有风我有婀娜

花在弹鸟儿的曲子却不知这些话是对自己说的

大地疯狂作诗
付之一炬或流水都太可惜
所以将它遗传

于是太多天机泄露
我只撷取几滴
写了很久

十三月

说尽了人类的月份
还有世界的月份
不了解却熟识的月份

做过梦
在日光中幻想月光中祈祷
背对着目送过世者

只看到能看到的亦如听到想到

留下这些在十三月

我们自己回去了

于是

十三月的河是十二个月不必流的泪

他的风吹拂幻境与死亡

他生活在我们遗忘了我们无知的宽容里

他的时空扭曲着因而无限而不可遐想

十三月许是外星球的季节

他许是从我们抛弃的废墟中重建的一座王朝

他许是历史的归处是人类光阴的巢

他许是总在嘻嘻发笑因为逃脱了人类的定义法

我一直相信

人类之于自然如地球之于宇宙

我为十三月预留了空白

活的祭奠　刚刚转的笔锋

因他是不一样的王　我曾遇到过

并深深敬重

因总有一天我的岁月及所思所想都将随他而去

我本人　也将与他为伍

味道　风餐露宿的旅人

冬天的光　带着　烤红薯
味道　风餐露宿的旅人

水流声在北方
象征一种温暖

暖气片
胡子拉碴却害羞的汉子
坐在家里
冬天是总有一点点
烧焦味道的白狐狸
在雪白的田野上跳着　蹦着

堆不好雪人
唯一堆过的一个
像花儿一样大
像花儿一样谢了
在小花园

沉默的牡丹树下

鱼在冰下
每一次靠近
她的红色映在冰上
像美人的苏醒
转瞬
再入梦

北方的天空　树枝
与星斗共王
冬眠动物
有一条结冰的河的情感

爬上山坡
星空炽烈地燃烧
像钻石冰凉的富有

冬天的海
咸腥的鱼和海带
海水拿来拿去
沙子始终不会变薄
它的味道
翻过日出那面　闻到月光

味道

风餐露宿的旅人

每一驾小马车

白驹过隙

我这一生的缝合者

杂乱之章

梦想本是
胸脯雪白的鸽子
在我怀
双臂愿为风与流云

我的无言
一层
御寒与水的绒毛
揣不泄露之暖意

火炉衣不遮体
他不是最温暖的人
你是
冬天快到了

我的每个骨节
洒满种子
随时可能变成大地

秋天睡前的果树
冬天醒来的雪原

我永远
永远写不出
生活这样的故事
用平实的言辞落款
印一烤漆的爱

信一封没有寄出
只写过一封
亲手予你
以为我们不会重逢

梦啊
本是胸脯雪白的鸽子
深以为做过这世上
最奇绝美艳的梦
直到你来
我竟没有梦到过

食　物

蔬菜　瓜果　五谷
鸡鸭鱼
食物　和
食物的食物

一张皱巴的钞票
舒展不开
植物生长的
日月雨露
鱼游的水
禽鸟的喉
皆弃之身后
换取一提
僵直尸首　及
夹带血鳞羽毛之零钱

街头　巷尾
果蔬一季季换

当年菜摊边玩耍

穿开裆裤的孩子

现在数着钱

牵着妈妈手的我

也上了大学

也大学毕业

一遍遍走过街头

走过巷尾

一遍遍长高

妈妈是一条水平线

我是生长

消费鸡鸭果蔬的我们

也被光阴消费

食物的食物

和　食物

无　关

当讲述经历如同故事
我们终于和自己
变得无关

人类情感
都是
岁月之牙祭

讶异于还记得
刻意藏好的万马齐喑
月牙尖端的年纪
我的奋不顾身
一袭宿命论长裙

盛装出席的某岁
片甲不留的某岁
过些年总有个入梦的夜里
你是活着的故人

火烧纸的那种干净

我终于和自己
变得无关
当曾经钻心的
如今是手中一粒
结石剔透

所有夜的深沉
一层薄薄潮汐
泛浪花在脚边
而熹微之晨光
辽远之至了一具
自我分裂之客色

坐在教室悲恸的女孩
若是我
就不会去安慰
不因为不能够
不因为无用
而是无关
总有些脑回路
需用泪水去加深
水满了

它会自己修运河

人类情感
皆是
岁月牙祭
我点红烛为你助兴
爱或恨都好下酒

本 无 人

石头中本来是没有人的
雕刻琢磨多了
就成了人

塑像
予以众望的材料
背负经卷
再违背它

众人需听偶像亲口说
禁止偶像崇拜
众人需在书中读到
抛弃文本之要

莲花足下覆满钱财
之前在山里
它脚下长满青草
没有口　却是可以歌唱

如今人面的石头也有了人之唇齿
只是再不发一语
成日地坐在殿中
蜡烛香火　泪眼俯首
其实不及当年
那一寸日月光芒

本不需像模像样
石头生来就有模样

收藏品　供奉品　拍卖品
人类自诩的价值
跟随年岁的珍贵
人类自诩的光阴
都是老聃屋檐
一撮
炊烟浅浅

滑　稽

眼睛是不会说谎的
人们这样说
就好像
它们会说真话一样

肢体语言有很多研究学
怀疑者的证据
可是他为什么要怀疑呢
说好的　说话时
要看着对方的眼睛
他为什么要乱瞄呢

大脑高高在上
它觉得对的事
错不了
一辈子也错不了
南辕北辙的人
才会发现地球是圆的

嘴用来吃饭

用来唱歌

用来说谎

（谎言中包含着甜言蜜语）

用来讲真诚的话

（真诚的话中包含着废话）

我们相遇

我们的交谈很累

每个部位都有表达欲

心在敷衍对方的同时

搪塞自己

我们很滑稽

躺在坟墓里也不知

一辈子被谁骗了

一睁眼又是来世

婴儿的第一声啼哭

我向来觉得是

悔过

将要受欺瞒的一生

北方的冬干燥且冷

干燥且冷
是北方的冬
写日记时提到火
本子　就着了
往事如柴
烧尽后化作粉末
起风后只剩痕迹
擦拭后不留一物
还惹新尘

立冬也冷　立春也冷
鱼的屋顶
河的武器
桥的贬值
船的假期

冬天相爱的人
小寒相看两不厌

大寒相看两不厌
节气生得比诗词浪漫

而等雪的人儿
小雪也无雪
大雪也无雪

眼睛是不会说谎的

你把情书带走了
特别远的远方
并且不知道会不会带回来

你把天蓝色的连衣裙带走了
另一处远方
并且不知道还有没有人会穿

你把夏天的风带走了
秋天的风就来了
冬天的风就来了
春天的风就来了
夏天的风就来了
你没有一起回来

你的眼我望着
有时我看到树
有时我看到鱼

有时我看到风

有时我看到我

我在海里

你在海边

你坐着

深深地低着头

你一定不是

在想我

也一定不是

在想自己

我一直在海里

你一直在海边

太阳灼伤了一切

刚回来不久的人

又匆匆要走

离别特别简单

我曾在海里

看一浪高过一浪的

夺去海边的你

再　还回你

你始终低着头
一声不响
我发丝上滴着海水
是咸的

恋　人

夜开始凉了
鸽子闭上眼睛那样
窗外静的时候
灯都站着睡了

没有上百亩良田
和一匹好马
做嫁妆
只想赌这后半生
每一次遇你
都欣喜若狂

春江里的一条鱼
我知道诗词错了
在你的思念中游水
我知道没有什么先知

世上恋人

都像复写纸生活
为高高山岗上
两个名字比邻而居
不一样的生卒日期
谁会在原地
等待呢

为一束花献给两个人
一场雨
落在同一个石碑上
之前在屋檐下
吵过许多架
愿你忘记
这地下寂静得漫长

还没有著作等身
还没有腰缠万贯
就想着后半生走向你
就欣喜若狂

疯狂至极

生者知晓死亡
亡者拥有它
知行合一
是一句空话

玫瑰不懂爱情
直到它死去
博相爱之人一笑

夜幕降临
只想围着篝火
它驱赶夜色
那究竟为何
为何期待
夜幕

买了把上好雨伞
等待雨天

用它遮雨
那究竟为何
为何等待
雨

疯狂这个词的来源
建起疯人院
所谓人类
个中疯狂
将同类关在牢里
因恶的调味
我们浅尝辄止

无人幸存于思考
文化
一种理直气壮的误导
植物很少喜形于色
很少悲从中来
有一种人叫植物人
描述的完全是
另一码事

疯狂至极
名曰理性

龙门石窟

佛
因成石像
罹难

祭拜者
他尚且残缺
何能护你周全

泥菩萨
人的神学中
一点疏漏

雕刻者怀爱
一座山方能成慈悲信仰
破坏者忘智
敲碎佛像的人
和当年　钉耶稣
在十字架上的人

嘴脸相像

信仰不教人做坏
因是人的东西
必有使用方式

伊河边上
落木萧萧
无人跪拜
无人嫉恨

叶是自在地落
佛龛自在地风化

渭　城

高铁经过渭城
惊问
是否为唐诗里那座
需要饮酒而过的

可惜这儿只是同名
火车掠过
无雨亦无垂柳
假寐的乘客
淋着真实的梦

每个奔波的人
头上都有朵故乡的云

换一千种姿势出阳关
也无人递来一壶酒

写作的喜悦

辛波斯卡说
写作的喜悦　就是
没有一片叶子会违背她的指令
飘落

甚是奇怪　前几日
我笔下的春
刚刚看　已经响起蝉声
再几日　恐就落了叶　飘了雪
她说
是人类之手的复仇
写作的喜悦

我以为
是河在走它的水
麦儿在颂它的穗
是为喜悦
无苦难希望因我而生

当我死了
一万年
诗里的马
还在吃草
还在那儿跑

我非创造者
承蒙荫庇
得以记录一二
比我鲜活之物
没有生日
所以无祭日

在那儿站着
明晃晃得迷人
不问开始
也不求完成

我的肉体
亦承蒙荫庇
得以发生写作
得以停止写作

把遗憾也唤作缘

西　瓜

一只将近二十五斤的西瓜
诞生和其他西瓜一样
是西瓜花羞涩的事
成长是一件辛苦的事
被采摘是一瞬间的事
被运输是一件会晕车的事
夜里被我抱着走
是一件沉重的事
身上的泥粘在衣服上
是一些像月光的颗粒
我行走像偷瓜的人
偷瓜也偷不来它成长那方土地
我即将成为吃瓜的人我感到愧疚
除了甜　我很少能尝出
三个月的雨水
绿叶遮住的云遮住的光的舞
蟋蟀喋喋不休的歌子
瓜农踱来踱去的步子

人说　植物都清冷地长成
作为一只　将近二十五斤的西瓜
我多想尝出它的骄傲
可是我杀了它
作为夏日最初的盛宴最后的挽歌

惹 尘 埃

我习惯了时差
而又
难以习惯
时差

六小时　太阳走得太快
而又走得
太慢

老城的河流
我们
在家那边
脚挨着脚
躺在青草上
河流　离家多远
我就有多远

风吹不开阁楼上光线

一条老街

潮水也古老

砖瓦也古老

灯和钻石和面包香

也古老

我忙着重逢

故乡在六小时之外

除了古刹　和

钟楼

罕闻磬声

几时

便鸣几响

不似此地

只顾欢快地敲着钟儿

从八点零三　到　九十十一点零六

偶有遗漏　大抵是我不如歌德

没留我的心

彻底在海德堡

顺着河流

顺着风

突然察觉遥远

只需一张车票
一丛　外文站台

时间之外有什么
时间之外无一物
六小时之外有什么
有家有尘埃

有时　偏想惹
不愿做　明镜台